DÉLASSEMENS

POÉTIQUES.

NIMES. TYPOGRAPHIE BALLIVET ET FABRE,

Rue de l'Hôtel-de-Ville, 11,

DÉLASSEMENS

POÉTIQUES.

ÉPITRES ET ÉLÉGIES,

SUIVIES

D'UNE ODE A JEAN RACINE,

Par Isidore BRUN,

Membre correspondant de l'Académie royale du Gard.

NIMES.

LIBRAIRIE DE GIRAUD,

BOULEVART ST-ANTOINE.

—

1843.

A Monsieur Jules Canonge,

Membre de l'Académie royale du Gard,

MEMBRE CORRESPONDANT DES ACADÉMIES DE LYON, DE DIJON
ET DE MARSEILLE.

PERMETTEZ, mon cher ami, que réalisant une ancienne promesse, je vous fasse hommage de ces opuscules. Mon désir a été d'honorer en vous, par cette dédicace, non-seulement un rare et un beau talent, une réputation littéraire noblement conquise, mais encore un caractère généreux, une ame pure et élevée. Il m'est bien doux de penser que j'ai pu accomplir ce vœu de mon esprit et de mon cœur.

Votre ami,

ISIDORE BRUN.

AVANT-PROPOS,

Le poète a charge d'âmes, a dit un écrivain célèbre de notre époque. Si je ne me trompe, ces mots expriment la haute et grave responsabilité qui pèse sur ceux qui ont reçu de la nature le don sublime de poésie. Et toutefois, dans tous les temps et dans tous les lieux, combien, parmi ces hommes doués du feu sacré, ont manqué à cette grande obligation morale, ont été infidèles à ce glorieux mandat ! Au lieu de conduire les âmes vers les sources ineffables du beau intellectuel, vers les rives calmes et sereines qu'enchante et sanctifie la vertu, ils les ont précipitées au contraire, et comme à plaisir, dans l'horrible abîme du vice et du mal.

Si nous voulions faire une investigation chez les divers peuples qui ont eu le génie et le goût des arts, nous trouverions bien des poètes qui, ne comprenant pas leur mission au milieu des hommes, ou peut-être, égarés eux-mêmes par une nature perverse, ont prostitué à des chants coupables et corrupteurs les plus magnifiques dons de l'intelligence et de l'imagination.

La lyre antique, par exemple, fut loin d'être toujours pure de cette profanation du plus beau des arts : et si parmi les anciens, Homère et Virgile sont des poètes aussi éloquens que chastes et vrais, quels reproches n'aurions-nous pas à adresser à des esprits aussi immoraux que Plaute, Martial et Aristophane? De quelle juste réprobation ne frapperions-nous pas, dans certaines parties de leurs œuvres, Horace lui-même, Catulle et Juvénal?

Chez nous, les excellens poètes du grand siècle joignirent en général, aux formes nobles et sévères du style, une attention scrupuleuse à respecter la morale publique. Il faut être juste et sincère cependant, et avouer que le grand Molière permit à sa plume certaines expressions dont la liberté extrême ne saurait être excusée par la vérité qu'exige le dialogue scénique, ou par les tolérances qu'admet l'art théâtral. La Fontaine aussi, ce peintre parfait de la nature, dégrada sa muse par des récits licencieux. Vainement, pour le justifier, a-t-on dit que sa conscience n'était pour rien dans ces tristes jeux d'une imagination déréglée; c'est-à-dire qu'il était trop bonhomme pour apprécier la portée immorale de ses contes : il est certes difficile de croire à une pareille ignorance. Mais, à cet égard, Despréaux me paraît complètement irréprehensible. C'est le poète du bon sens et de la vérité, le champion de toutes les saines doctrines. De même, y eût-il jamais âme plus pure à la fois et plus élevée que celle du sensible et harmonieux

Racine ? Sans doute qu'il porta à l'excès ses scrupules,
lorsque, dans ses dernières années, il regardait ses im-
mortelles tragédies comme autant de fautes de sa jeunesse, qu'il voulait expier par la prière et la pénitence.
Les esprits forts peuvent rire de ce qu'ils appellent, je
pense, une ridicule faiblesse : les esprits sérieux n'y
voient que le retour sincère d'un grand homme vers les
idées religieuses auxquelles son âme demandait des
consolations, après une vie toute illuminée de cette
gloire humaine dont il avait compris le néant. Pouvons-
nous oublier, d'ailleurs, qu'à cette touchante piété de
Racine, nous devons deux magnifiques chefs-d'œuvre,
l'un de pureté et de grâce, l'autre de grandeur et de
majesté ?

Au dix-huitième siècle, la poésie immorale n'a plus
de frein ; elle se déborde en dégoûtantes infamies qui
atteignent le dernier délire de la débauche et de la
dépravation. Croit-on que l'action de ces orgies de l'esprit n'a pas été aussi vive pour la corruption des mœurs
que les systèmes anti-religieux des philosophes ? Elle a
été bien plus grande encore ; car la connaissance de ces
systèmes n'est d'abord que le partage d'un petit nombre
d'hommes, et ce n'est que graduellement qu'elle se
répand et s'insinue dans tous les replis du corps social :
mais la poésie a des ailes ; elle est comprise de tous, et
il est difficile d'apprécier le mal dont elle devient l'ori-

*

gine impure, lorsqu'à l'immoralité du fonds elle joint la séduction d'un style spirituel et brillant.

Sous ce point de vue, la postérité a un compte sévère à demander à deux écrivains célèbres de cette époque railleuse et hardie. On sent déjà qu'il s'agit ici de Voltaire et de Jean-Baptiste Rousseau. Oh! comment ces deux beaux génies, si admirables lorsqu'ils nous entretiennent des grandeurs de Dieu, purent-ils s'avilir à composer des poésies si infames, qu'il y a même de l'impudeur à les nommer? Si Voltaire a ineffaçablement entaché sa renommée par ces honteuses publications, Rousseau, je dois le dire, me paraît plus coupable encore. Eh! quoi, cette muse qui chanta tour-à-tour les joies et les douleurs de Sion, cette lyre qui, comme dit un poète, pleine de correction et d'élégance *,

S'éleva quelquefois jusqu'au chant des prophètes,

put, par la plus horrible des transformations, se complaire à peindre tout ce qu'il y a de plus dégradant et de plus obscène dans une imagination dépravée! Rousseau n'était-il donc, en définitive, qu'un hypocrite, étalant dans ses odes tous les sentimens d'une âme noble et élevée, et déshonorant en secret, par la publication d'œuvres impies, le plus beau talent lyrique de son siècle?

* Fontanes.

Oui, redisons-le avec confiance : le poète a charge d'âmes. Il est comptable devant Dieu et devant les hommes de tous les principes d'immoralité que ses écrits font germer au milieu de ses semblables; et cette responsabilité augmente en raison du mérite poétique de l'écrivain : responsabilité grave, s'il a du talent, plus grave encore, s'il a du génie; car, dans ce dernier cas, ses chants sont l'un des plus puissans échos du siècle, l'une des voix sublimes et populaires de la patrie. Qui pourrait nier, en effet, l'action énergique et immédiate des grands poètes sur le caractère moral, sur les tendances littéraires et politiques de leur nation? A-t-on apprécié, à ce sujet, Despréaux, Racine, La Fontaine et Voltaire surtout, ce dominateur superbe des écrivains de son époque? A-t-on déterminé la prodigieuse influence de Béranger, le Simonide et le Tyrtée moderne, dont toute la France a connu les productions et chanté les vers?

Je veux rendre justice aux jeunes poètes de la génération actuelle : l'esprit et le cœur ne sont blessés dans leurs œuvres par aucune des souillures que j'ai signalées. Contrairement aux romanciers et aux dramaturges qui ont si puissamment aidé à la corruption des mœurs, on voit leur muse se complaire généralement à l'expression des nobles pensées, des touchantes émotions, des sentimens généreux et purs. Il y a chez plu-

sieurs une ineffable effusion d'idées rêveuses et mélan-
coliques, d'affection également chaste et passionnée.
Remarquons toutefois, chez la plupart, le vague des
croyances religieuses et ce doute sombre et désespérant
qui ronge et dessèche l'âme, mais cependant bien pré-
férable à l'incrédulité avouée, puisque le doute est déjà
un pas vers la vérité. C'est une chose évidente que des
croyances fixes manquent, en général, aux poètes de
ce siècle. Il est des exceptions, je le sais, et je pourrais
au besoin les citer; mais la masse est livrée au doute
ou au panthéisme. Quelques-uns se sont imaginé que
les idées religieuses c'était cet idéalisme vague et mystérieux qui s'aventure dans des abstractions infinies,
incommensurable océan où l'âme humaine tombe de
naufrage en naufrage. Antipodés de ceux-ci, d'autres se
sont pris à la forme matérielle, et on les a vus s'agenouiller enthousiastes devant le fronton des églises, au
pied de l'ogive gothique, et croire que les exigences de
la religion étaient satisfaites, lorsqu'ils avaient décrit le
nuage embaumé de l'encens dans la nef des cathédrales, ou exprimé en vers sonores les gémissemens
prolongés de l'orgue ou le murmure de l'airain dans le
clocher natal. Quelques-uns, en plus petit nombre,
amis des idées chrétiennes, les ont exagérées par le
mysticisme, et d'un corps plein de sève et de vie, n'ont
fait qu'un fantôme pâle et décharné. D'autres, enfin,

ont voulu tenir un milieu entre la foi des vrais croyans et la morale des hommes du monde, s'efforçant ainsi de plaire aux uns et aux autres, et d'unir entre eux des principes de la plus complète incompatibilité.

Un jour, peut-être, beaucoup de ces jeunes intelligences, si bien douées par la nature, et maintenant en proie à tant d'orages intérieurs, à tant de cruels mécomptes, seront amenées à la pleine connaissance des vérités éternelles qui rayonnent dans la loi de l'Évangile. Oh! qui pourra alors apprécier les flots de poésie chaste et sereine qui jailliront de ces âmes d'élite, épurées et agrandies par la foi? Qui pourra dire qu'alors la poésie n'accomplit pas, au sein de l'humanité, la seule mission qu'elle puisse ambitionner, celle de rendre aimables au milieu des hommes, par les formes séduisantes du langage, les saintes prescriptions de la morale et de la vertu?

Celui que la nature fit réellement poète, celui en qui elle versa abondamment ce feu céleste de l'âme et de l'imagination, celui-là a reçu de sa munificence un privilége véritablemeent rare et sublime. Tandis que beaucoup d'écrivains s'efforcent vainement d'atteindre à une expression riche et pure, il peut, lui, revêtir de formes brillantes et originales les moindres objets de sa méditation poétique, donner à sa pensée l'énergie, le coloris, la splendeur et l'orner de figures tour-à-tour ma-

jestueuses ou hardies, mais qui ne cessent point, toutefois, d'être vraies et naturelles. Eh bien! dans quelle
sphère et sur quels sujets doivent s'exercer le génie et
les hautes facultés d'un tel homme? Les grandes scènes
de la nature, les sublimes beautés du monde physique
et du monde moral, la puissance et la majesté de Dieu,
toutes les idées qui élèvent l'âme, l'épurent et la sanc-
tifient, tout ce qui peut lui faire comprendre son excel-
lence et sa dignité, voilà les sujets imposans ou magnifiques où le poète qui sent bouillonner en lui la flamme
intérieure doit porter ses vues et puiser son inspiration.
Mais s'il se rabaisse constamment vers la terre, si celui
que Dieu créa pour le ciel se plaît à ramper dans la
boue, de quel nom devrons-nous l'appeler alors? Trop
souvent hélas! nous assistons à *la chute de ces anges* qui
nous furent donnés comme les types suprêmes des génies
purs et éloquens. Eux, que Dieu forma *pour chanter,*
pour croire et pour aimer *, ils se sont livrés téméraire-
ment au doute et au blasphème, et accusant ou même
niant cette Providence dont ils étaient eux-mêmes un
des plus glorieux ouvrages, ils ont, au lieu des chants
de reconnaissance et d'amour, entonné l'hymne funèbre du désespoir.

Déplorons ces aberrations fatales de ces êtres éminens

* Méditations poétiques de Lamartine.

qui, malgré l'incontestable supériorité de leurs lumiè-
res, révèlent bien la misère morale de l'homme et les
tristes résultats de sa déchéance primitive. Quant à
nous, poètes et littérateurs de ce siècle, qui suivons de
l'œil ces aigles superbes dont le vol tournoie plus souvent dans les abîmes qu'il ne s'élance vers le ciel, ah!
sachons du moins garantir nos muses de ces égaremens
funestes qui activent, au sein de nos sociétés sceptiques,
la puissance et l'énergie du mal moral. Si Dieu nous a
refusé la vigueur et l'enthousiasme du génie, s'il ne
nous a permis de faire vibrer que les plus humbles cordes de la lyre, puissions-nous, du moins, n'éveiller
chez l'homme, au lieu des passions mauvaises et des
vicieux instincts, que l'amour sacré du devoir et des
bonnes mœurs, que les mouvemens d'une piété à la
fois sincère et tolérante, et le dévouement d'une fraternelle charité.

Tels sont les sentimens et les idées dont j'ai tâché
moi-même de pénétrer mon esprit et mon cœur en com-
posant ce nouveau recueil de poésies, et à cette heure
même où je l'offre à mes concitoyens, je suis vraiment
reconnaissant de l'accueil honorable qui fut fait à celui
que j'ai publié en 1838. A cet égard, mon plus doux
bonheur est de penser que quelques âmes ont été con-
solées par mes faibles vers, que quelques mères de
famille en ont indiqué la lecture à leurs enfans. Ce fut

là toute mon ambition, je l'avoue, et je n'en ai pas d'autre aujourd'hui en mettant au jour ce nouveau volume. Puisse-t-il être aussi favorablement reçu que son devancier, et amener, chez plusieurs de ses lecteurs, les mêmes résultats de consolation et de paix. Si humble et si frèle que soit la source, elle féconde toujours un peu ses rives et y voit surgir quelques fleurs.

Saint-Gilles (Gard), juillet 1843.

DÉLASSEMENS

POÉTIQUES.

—◦◦◦◦◦|◎◦|◦◦◦◦—

A MES VERS.

—

Mes vers, voici l'instant de déployer vos ailes,
Le moment est propice.......... Allons.
VICTOR HUGO.

Quand le ciel luit d'azur, quand riante et splendide
La nature étincelle et d'émeraude et d'or,
Au sentier poétique où mon regard vous guide,
   O mes vers, prenez votre essor.

Du tiroir où vous cache une main paternelle,
Désertez à ma voix l'asile clandestin,

Pareils au jeune oiseau qui va de sa jeune aile
    Essayer le vol incertain.

Voyez..... le monde est beau ; mais craignez ses tempêtes,
La rose sur le sol recouvre des poisons.
Des reptiles hideux y redressent leurs têtes
    Sous le vert émail des gazons.

Cherchez les nobles cœurs , au divin caractère ,
Anges mortels si purs et si compatissans ,
Qu'ils semblent , ô mon Dieu , révéler à la terre
    Et votre image et vos accens.

Mais fuyez la demeure où le méchant s'abrite ,
Superbe, ivre d'orgie et couché sur des fleurs,
Et d'où la pauvreté , misérable et proscrite ,
    S'éloigne en dévorant ses pleurs.

S'il est une retraite où l'âme pleure et prie ,
Où la pitié sensible accueille tout revers ,
Où l'on donne une larme aux maux de la patrie ,
    Voilà votre asile, ô mes vers.

Pénétrez sur la couche où se tord la souffrance.
En lui montrant le ciel, consolez la douleur.
Aux cœurs les plus flétris éveillez l'espérance ,
    Dernière étoile du malheur.

Suivez dans le désert les saintes rêveries
Qui vont au bord des eaux pencher leur front pieux.
Mêlez-vous, sur le soir, aux douces causeries
    Où la légende des aïeux

Amuse, en se jouant, la nocturne veillée,
Redit les vieux châteaux, les magiques jardins,
Et le fantôme errant sur la sombre feuillée,
    Et le tournoi des paladins.

Oh! surtout au foyer d'une chaste famille,
Inviolable abri que garde la pudeur,
Apparaissez, mes vers. Qu'un œil de jeune fille
    Vers vous se tourne avec candeur.

Qu'en lisant vos feuillets un gracieux sourire
De sa lèvre de rose entr'ouvre le carmin.
Que les chants les plus purs, sortis de votre lyre,
    Soient marqués de sa blanche main.

Voilà ta récompense, ô ma muse, ô mon âme;
Car dans ce monde aride et d'orages battu,
Est-il rien de si doux qu'un sourire de femme,
    Sanctifié par la vertu?

—o◉o—

REMERCIMENT

À MESSIEURS LES MEMBRES DE L'ACADÉMIE ROYALE

DU GARD,

Lu en Juillet 1838, dans une des Séances particulières de l'Académie.

⚬-✦✦-⚬

> Bien écrire, c'est tout à la fois bien penser,
> bien sentir et bien rendre ; c'est avoir en
> même temps de l'esprit, de l'âme et du
> goût.
>
> BUFFON.

Muse de Despréaux, de Voltaire et d'Horace,
S'il se peut, prête-moi ton aisance et ta grace.
Donne à mon vers heureux l'élégante clarté,
Le tour vif et poli, l'exquise urbanité
Qui d'un charme si doux embellit le génie
De ces chantres divins de France et d'Ausonie.
Ah ! si tu m'accordais de ces rares esprits
Et la verve et le style au brillant coloris,
Comme je dépeindrais, sous ta vive influence,
L'élan respectueux de ma reconnaissance,

A ces mortels d'élite , à ces doctes penseurs ,
De la langue et du goût éloquens défenseurs !
Pour quelques frèles vers leur indulgence amie
M'agrége au corps savant de leur Académie ,
Et dans l'expression d'un vote indépendant,
Inscrit pour moi ces mots : Membre correspondant.
Un ami généreux, un poète sublime ,
Qu'entoure avec éclat l'universelle estime ,
Un esprit large et pur qu'on est forcé d'aimer ,
Reboul , qu'ici ma voix est fière de nommer ,
D'un regard où du cœur rayonnait la noblesse ,
De mes modestes vers accueillit la faiblesse ,
Et prêtant à ma muse un secourable appui,
Dans ce temple sacré m'appelait près de lui.
Sur mon front désormais un beau titre repose :
Aux rigoureuses lois, aux devoirs qu'il m'impose,
As-tu bien réfléchi, muse, et ne sais-tu pas
Que dans ce sanctuaire où tu portes tes pas,
Dans cette noble enceinte où la science brille,
Où des arts inspirés resplendit la famille ,
Il te faudra, payant ton poétique écot,
Apporter ce tribut que l'illustre Nicot *,
D'un style où du vrai goût respirent les modèles,
Enregistre avec soin dans ses pages fidèles ?

* Recteur et secrétaire perpétuel de l'Académie.

Prends garde toutefois, te creusant le cerveau,

De crier fièrement : Il me faut du nouveau.

Pour fournir ce tribut qu'exige ta présence,

Ne va pas du génie invoquer l'assistance,

Au désert me pousser morne et silencieux,

M'enfoncer dans l'abîme ou m'égarer aux cieux.

Non... Dépouille, crois-moi, cette sombre énergie ;

Mais parfois cadençant une tendre élégie,

Sur un mode plaintif soupire tes douleurs,

Chante l'or des moissons, le riche émail des fleurs,

La nature étalant sa robe parfumée,

Et les tièdes zéphirs à l'haleine embaumée.

Folle et capricieuse en ses rhythmes divers,

Que parfois la ballade étincelle en tes vers,

Et de naïfs récits, de riantes féeries,

Colore avec amour ses chastes causeries.

Quelquefois cependant, laissant le ton rêveur,

Et ce style assombri qu'adore avec ferveur

Ce siècle nébuleux que l'ennui rassasie,

Apparais-moi joyeuse, ô douce poésie,

Et daigne me doter, dans un style amusant,

D'une épître rieuse ou d'un conte plaisant.

Mais soit que la tristesse engourdisse mon âme,

Soit qu'une gaîté vive, à la rapide flamme,

Dans mes sens dilatés épandue à grands flots,

Déroule devant moi ses gracieux tableaux,

Oh ! soyons vrais., ma muse, et comme une eau limpide
Qu'aucun limon ne trouble et nul souffle ne ride,
Qui réflétant les bois et les cieux dans son sein,
Laisse voir jusqu'aux fond de son large bassin ;
Qu'ainsi sous le regard de l'âme pénétrante,
Reluise ma pensée et claire et transparente.
Le style du poète, en sa chaste beauté,
Se résume en deux mots : Élégance et clarté. *
De la postérité convoitant les hommages,
En vain j'entasserais les plus riches images,
En vain de fictions merveilleux inventeur,
Des plus nobles esprits j'atteindrais la hauteur,
De mots incohérens si ma phrase habillée
Péniblement se traîne obscure, entortillée,
Si de l'expression le sens mystérieux
Fatigue ma pensée et se voile à mes yeux,
En vain je prétendrais à des succès durables.
Mes vers, du temps jaloux, victimes déplorables,
Sous l'œil de la critique obligés de pâlir,
Dans l'abîme éternel iraient s'ensevelir.

Mais ce siècle géant, novateur poétique,
A gravé sur son front un mot : le.Romantique.

---

* Je ne prétends pas par là que la clarté et l'élégance sont les seules qualités du style poétique, mais on conviendra du moins qu'elles en sont la base, comme elles doivent l'être de tout ce que l'on écrit.

Mot sonore, mais creux; savant, mais incompris,
Littéraire pâture à de jeunes esprits,
Qui franchissant du goût la gênante barrière,
D'un mot vide de sens ont marqué leur bannière.
Oh! très-vide en effet... sens mystique et caché,
Et que l'intelligence a vainement cherché *,
Parole que Byron, Dumas, Hugo lui-même,
Ce poète brûlant, mais cet homme à système,
N'expliqueront jamais; mais qu'importe après tout?
Le vrai poète marche appuyé sur le goût,
Impérissable dieu qu'un long éclat décore,
Et qui vit dans ce temple où je viens dire encore :
Soyez clair, élégant, sévère, harmonieux,
Et respectez surtout ce trésor précieux,
La langue où s'inspiraient Despréaux et Racine,
Et que parlent encor Lavigne et Lamartine.
Riche de vos talens, moquez-vous, croyez-moi,
De tous ces noms, objets de respect ou d'effroi,
qu'inventa, j'en suis sûr, quelque muse caustique;
Poète, riez-en, dût un malin critique
De son sarcasme amer accablant vos écrits,
Vous affubler des noms qu'enfante son mépris,

* Qu'est-ce en effet que le Romantique? Je ne sache pas que personne en ait donné une définition, je ne dirai pas rigoureuse, mais même suffisante.

Vous appeler classique où pauvre intelligence,
Ou vous jeter ce mot d'une attique élégance
Rococo..... Finissons ; car, ce mot prononcé,
Le ridicule arrive et l'esprit a cessé.

Mais, surtout, que par vous la vertu révérée
Resplendisse en vos vers dans sa beauté sacrée.
Qu'au fond de votre cœur comme en tous vos portraits,
Sa lumineuse image éclate en nobles traits.
Malheureux l'écrivain qui, frappé de délire,
Pour le vice hideux fait résonner sa lyre !
Il flétrit son génie, il profane ses chants ;
Son vers prostitué s'abandonne aux méchants.
Dans un sommeil de mort son âme est assoupie ;
Le désespoir l'étreint, car cette âme est impie ;
C'est l'être corrompu, c'est un esclave aux fers,
C'est l'archange tombé qui chante les enfers ;
Et pourtant sur ce front, comme un chaste symbole,
La muse avait empreint sa divine auréole.
Oh ! plus heureux celui qui sur un luth pieux
Soupire d'un cœur pur l'hymne mélodieux !
Il dit de Jéhova les splendeurs éternelles.
Comme l'aigle qui monte, en secouant ses ailes,
Dans l'espace infini, son âme aspire au ciel ;
Dans sa coupe jamais ne s'épanche le fiel.
Jamais aux cris impurs, aux fureurs de l'orgie,

Son vers n'a marié sa céleste magie ;
Et souvent par sa lyre au bonheur rappelé,
Le morne désespoir a souri consolé.
Sans éclat imposteur, sans ténébreuse envie,
Le saint amour des arts illumine sa vie ;
Puis, lorsqu'à son chevet surgit la pâle mort,
De son dernier sommeil avec calme il s'endort.
Il s'éteint dans sa paix, cet enfant de lumière
Qui de rayons si doux éclaira sa carrière ;
Et son nom glorieux grandit dans l'avenir,
Et les siècles émus gardent son souvenir.

DIEU DANS SES OEUVRES.

Quel est l'ouvrier dont la toute puissance
a pu opérer ces merveilles où tout l'orgueil de la raison éblouie se perd et se
confond ? Quel autre que le souverain
créateur pourrait les avoir opérées ?

FÉNÉLON.

Eh ! quoi, toujours voguer sur une mer profonde !
Toujours s'aventurer sur la vague qui gronde !
Abandonnant sa voile aux caprices des vents,
Sans cesse interroger l'abîme aux flots mouvans,
Et, promenant l'essor de son âme inquiète,
Toujours tendre l'oreille aux bruits de la tempête !
En des problèmes vains égarant sa raison,
Toujours l'œil attaché sur le pâle horizon,
Voir si vers l'Orient quelque clarté nouvelle
Pour guider nos esprits brillante se révèle !...

Eh bien ! il est des voix sur les flots, dans les airs,
Aux plus affreux rochers, aux plus sombres déserts,

Des soupirs dans les vents, une voix dans l'orage,
Pour le cœur des mortels noble et divin langage,
Concert mystérieux, hymne large et puissant,
De l'ouvrier suprême intelligible accent.
Il est vers l'horizon des clartés ravissantes,
De l'astre flamboyant lueurs éblouissantes,
Mais qui, près des rayons du roi d'éternité,
Ne sont que nuit livide et noire obscurité.
Toutefois, ce soleil dont l'éclat nous inonde,
Et qui sème la vie aux derniers coins du monde,
Ce géant lumineux aux brûlantes splendeurs,
Du roi de l'univers raconte les grandeurs.
Jadis de Jéhova la féconde parole
Le lança dans le vide, et, sur son double pôle
Balançant ce colosse échappé du néant,
Fit resplendir les feux de son gouffre béant.
Hélas ! l'homme est muet à ces pompeux spectacles,
Et les cieux vainement prodiguent leurs miracles.
Dans l'essor infini de ces globes de feu,
Son stupide regard ne reconnaît pas Dieu.
C'est le hasard, dit-il, qui forma dans l'espace
Tous ces mondes flottans que la pensée embrasse.
O mortel insensé ! fatal aveuglement !
Quoi ! l'astre qui circule en ce bleu firmament,
Qui déroule à tes yeux ses courbes admirables,
Ne te révèle point les grandeurs adorables

De l'Être souverain, du divin créateur,
De ces globes errans maître et conservateur?
Du sud à l'aquilon, du couchant à l'aurore,
Tout proclame ce Dieu que l'univers adore.
Sur le front des soleils sa gloire resplendit :
La nuit chante son nom; le jour au jour le dit.
Sous le dôme des bois, sur l'émail des prairies,
Aux déserts fréquentés des molles rêveries,
Sur le rocher sauvage où l'ouragan frémit,
Au vallon solitaire où le ruisseau gémit,
Dans les vierges climats des terres inconnues,
Aux champs, à la cité, sur les eaux, dans les nues,
De la matière à l'homme et de la terre au ciel,
Jusqu'à l'être incréé, l'ange immatériel,
Et partout et toujours éclate sa puissance,
Rayonnent sa grandeur et sa magnificence.

Mais dans ce corps de boue à la mort condamné,
Dans ce regard humain, de feux illuminé,
Dans le sublime jeu des ressorts innombrables
Qui régissent ce corps par des lois ineffables,
Mieux qu'en l'éclat du jour, qu'aux splendeurs de la nuit,
L'architecte éternel apparaît et reluit.
Que ne puis-je à vos yeux dévoiler ces mystères!
Vous montrer doctement ce long réseau d'artères,
Et ces conduits veineux et ces mille vaisseaux

Qui du sang réparé font serpenter les flots ;
De la digestion l'étonnant phénomène,
Et l'aspect merveilleux de la charpente humaine ;
Ce poumon qui respire et cet œil radieux,
Orbite étroite et frêle où se peignent les cieux ;
Ces vigoureux tendons, ces muscles élastiques,
Ces nerfs, du sentiment organes électriques !
Mais de ce composé périssable et changeant,
Des fanges de ce corps à l'être intelligent,
De l'inerte matière aux flammes du génie,
Quel œil peut mesurer la distance infinie ?
Autant le firmament et ses astres divers
Dominent de leurs fronts la profondeur des mers,
Autant dans son essor la fière intelligence
Sur la lourde matière étend son aile immense.
Ces globes voyageurs dans le vide emportés,
Foyers resplendissans d'éternelles clartés,
Ne peuvent échapper à son regard de flamme,
Noble et hardi regard, divin pouvoir de l'âme
Qui, suivant dans leur vol tous ces mondes errans,
Des campagnes de l'air lumineux conquérans,
Trace sa vaste orbite à la sombre planète,
Et l'ellipse embrasée où roule la comète,
Et, franchissant des cieux l'indicible hauteur,
Radieuse s'envole au sein du créateur.
O de l'homme mortel privilége sublime !

Seigneur, de ta sagesse il peut sonder l'abîme,
Pénétrer de tes lois les saintes profondeurs,
Connaître ton amour, comprendre tes grandeurs.
Devant ta Majesté s'anéantir lui-même,
De sa faiblesse, ô Dieu, c'est le charme suprême.
Oh! ne le juge point dans ta sévérité,
Et verse sur son front les flots de ta bonté.
Mais jamais à ses maux ta main ne l'abandonne :
Pour lui le doux printemps effeuille sa couronne,
La terre ouvre son sein, riante de couleurs,
Et s'enrichit de fruits, et se pare de fleurs.
Tu décores ses champs, tu peuples ses rivages,
De murmurantes eaux, de tranquilles bocages,
Et partout ta puissance, au terrestre séjour,
Fait rayonner la vie et palpiter l'amour!
A l'homme tous ces biens, l'homme, ton noble ouvrage,
Dont les augustes traits reflètent ton image;
A lui tous tes trésors, à lui que tu fis roi.
Sur l'aile de l'esprit tu l'élèves vers toi.
Son corps, fils de la terre et pétri de sa fange,
A revêtu la grace et la beauté de l'ange.
De ton souffle émané, l'âme, immortel flambeau,
Illumine ce corps que tu formas si beau.
Tel fut l'homme, ô mon Dieu, quand sous ta main féconde
Étincela sa vie aux premiers jours du monde.
Le ciel lui souriait, déroulant, toujours pur,

Et ses flots de lumière et ses vagues d'azur.

L'homme aux berceaux d'Eden put te voir et t'entendre,

Ta sainte Majesté vers lui daignait descendre;

Et naissant à ta voix, une femme, Seigneur,

De sa grace pudique embellit son bonheur.

Mais bientôt s'envola sa candide innocence;

Son corps dégénéré perdit sa noble essence,

Misérable et déchu rampa sous la douleur,

Et triste se pencha sous le poids du malheur.

Toutefois, conservant ta glorieuse empreinte,

Malgré les passions dont la fatale étreinte

Le comprime et le serre en d'effroyables nœuds,

Malgré le vice impur dont le dard vénéneux

A terni la splendeur de sa beauté suprême,

L'homme montre en ses traits qu'il est fils de Dieu même.

Ah! tout déchu qu'il est, il peut régner encor,

De son bonheur perdu ressaisir le trésor,

Et, recouvrant l'éclat de sa gloire flétrie,

Radieux s'avancer vers la sainte patrie.

Mais pour reconquérir l'héritage éternel,

Il faut qu'humilié sous ton bras paternel,

Implorant pour ses maux ta grace souveraine,

L'homme de son péché rompe la lourde chaîne.

Alors, tu lui diras : O mon fils bien aimé,

De zèle pour mon nom et d'amour consumé,

Viens, toi, qui de l'injuste as évité les voies,

Savourer de mon ciel les ineffables joies :
Disciple de mon Christ, viens reposer vainqueur
Où n'arriveront point l'impie et le moqueur ;
Viens, toi que j'ai trouvé fidèle à ma parole,
Ceindre de mes élus l'immortelle auréole.

DÉCEPTION.

—

A UN AMI.

-o🜸🜸o-

Tu croyais que toujours le sentier de la vie
Devant ton œil charmé resplendirait de fleurs ;
Que jamais dans ton âme, au gré de ton envie,
Le ciel ne répandrait la coupe des douleurs.

L'existence, pour toi, c'était ce lac tranquille
Dont jamais les autans ne troublent le flot pur ;
C'était ce frais vallon, doux et riant asile,
Cet astre étincelant dans le limpide azur.

Et tu t'abandonnais, radieux d'espérance,
Aux doux enchantemens de ta félicité ;

Et ce monde éphémère avait ta confiance,
Et tu mettais ta force en sa fragilité.

Oui, je le sais, le ciel livre à ta jouissance
Tous ces biens enviés, de l'homme ardent espoir,
Trésors de la fortune et de l'intelligence,
Magnifique banquet où peu viennent s'asseoir.

Je sais qu'en tes lambris l'opulence réside ;
Que ton luxe superbe éblouit tous les yeux ;
Qu'à travers nos forums vole ton char splendide,
Beau des nobles coursiers de leur race orgueilleux.

Des talens enchanteurs le charme t'environne,
Et les arts, rois si doux, venant te visiter,
Ont décoré ton front d'une double couronne,
Car tes doigts savent peindre et ta lyre chanter.

Oh! tu peux animer d'une couleur choisie
La toile où l'art fait vivre océan, terre ou ciel ;
Ton cœur peut s'abreuver aux flots de poésie,
Flots brillans et mêlés de cinname et de miel.

Autour de ton foyer, rien ne gémit ou pleure ;
Jamais le pâle ennui n'a, de ses yeux hagards,

De son manteau de deuil assombri ta demeure,
Et pourtant la tristesse obscurcit tes regards.

Sur ton front maladif un orage circule ;
Ce front jadis si pur sent la ride et le pli,
Un cercle affreux l'étreint et la douleur le brûle,
Et de larmes parfois ton visage est rempli.

Ta joie, ô mon ami, qu'est-elle devenue ?
Quelle obscure vapeur brunit ton horizon ?
Quel chagrin dans ton âme et rampe et s'insinue,
Pareil à ce serpent glissant sous le gazon ?

C'est la déception, fantôme lamentable,
Qui pose sur ton sein ses doigts glacés et lourds,
Et dont l'affreux contact et t'obsède et t'accable,
Et change en sombres nuits la splendeur de tes jours.

Oui, ce luxe, cet or, opulente richesse,
Devant qui s'agenouille un vulgaire béant,
De ton cœur engourdi n'allument plus l'ivresse :
Ton œil désenchanté n'y voit plus que néant.

Et ces arts où brillaient ta palette ou ta lyre,
Éblouissant foyer où s'embrasaient tes sens,

En toi n'éveillent plus un généreux délire,
Les voilà désormais à te plaire impuissans.

Maintenant, voyageur aux landes désolées
Que couvre un ciel d'airain, qu'attriste un vent de mort,
Tu demandes en vain les ombreuses vallées,
Et les flots d'une eau pure et l'asile du port.

Du désert devant toi se déroule l'espace;
Ce désert, c'est la vie aux aspects décevans,
Solitude funèbre où le regard n'embrasse
Qu'une terre inféconde et des sables mouvans.

Eh! bien, dans cette lande infertile et sauvage,
Il est une oasis aux verdoyans berceaux,
Où les larges palmiers balancent leur feuillage,
Et mêlent leur murmure aux soupirs des ruisseaux.

Sous sa voûte riante, à l'abri des tempêtes,
Des mortels, dans la paix, vont consumant leurs jours,
Un nom céleste et doux retentit dans leurs fêtes,
Et leur cœur s'abandonne à de saintes amours.

Voyageur fatigué de ta lointaine course,
Dans la fraîche oasis viens reposer tes pas,

Désaltérer ta lèvre au cristal de sa source,
Viens, car loin de ses bords l'espérance n'est pas.

Ici plus d'ennui sombre où ton esprit s'abîme,
Mais de l'ombre et des fleurs, mais des hymnes pieux.
Plus de déception; mais cette voix sublime
Qui rassereine l'âme et lui montre les cieux.

UNE LARME A MARIE.

Sa jeune âme s'est endormie,
Pour s'éveiller au céleste séjour.
                                    ANONYME.

Qu'importent la grandeur, la beauté, le génie,
Quand sous nos pas glacés la tombe va s'ouvrir ?
Quand la cloche déjà tinte notre agonie,
Quand l'ange des tombeaux nous crie : Il faut mourir !

Il faut mourir, hélas !... fantôme redoutable,
Oh ! ne viens pas encor..... ne franchis pas ce seuil.....
Dérobe à ce palais ta vue épouvantable ;
Voudrais-tu le voiler de tristesse et de deuil ?

Oh ! ne viens pas briser ce cœur de tendre mère,
Par tant d'émotions ce cœur déjà froissé.

De cette âme où la peine a tant de fois passé,
 Détourne cette coupe amère.

Mais des faibles mortels inutiles souhaits !
Le spectre ténébreux que nul effort n'arrête,
Atteint également, nous a dit le poète,
L'indigent sous le chaume et les rois sous le dais. *

 Comme le lys de la vallée,
 Que la tempête échevelée
 D'un souffle mortel fait périr,
 Ainsi par l'ouragan flétrie,
 En ton jeune printemps, Marie,
 On te voit tomber et mourir.

 Tu meurs, quand sous le ciel de France,
 Pour toi rayonne une espérance
 De gloire et de noble avenir;
 Quand aux guirlandes d'hyménée,
 La palme que l'art t'a donnée
 Sur ton front si pur vient s'unir.

  * Pallida mors æquo pede pulsat.
  Pauperum tabernas regumque turres. Hor.

Tu meurs, lorsque ta renommée
Grandit par mille échos semée,
Lorsque ton ciseau délicat
A fait du bloc qui la recèle
Jaillir cette œuvre chaste et belle *
Où ton nom puise son éclat.

Quoi ! dans ta fleur sitôt ravie,
Lorsque sur ta royale vie
Le ciel semblait luire si beau !
Lyre ! assombris ton harmonie......
Je voulais chanter son génie,
Et je pleure sur son tombeau.

Sous un mal dévorant languissamment penchée,
La voilà dans l'asile où la mort l'a couchée;
Jeune et frèle, elle dort de son dernier sommeil.
Elle tombe au matin de sa course mortelle,
Digne de s'éveiller, dans la sphère éternelle,
Sous l'éclat d'un plus beau soleil :

Car de divins talens cette âme illuminée,
Des plus pures vertus resplendissait ornée.
Vous l'appeliez, Seigneur, au rang de vos élus;

* La statue de Jeanne d'Arc:

Et lorsque sa famille inconsolable pleure,
Vous, Seigneur, aux palais de la sainte demeure,
   Vous comptez un ange de plus. *

Oui, c'est un ange au ciel, éblouissant de gloire,
Qui savoure à longs traits les fruits de sa victoire,
Affranchi pour jamais des terrestres douleurs.
Abreuvée au torrent des suprêmes délices,
Elle ignore à jamais la crainte et ses supplices,
   Et le désespoir et ses pleurs.

Des sens lourds et grossiers elle a rompu la chaîne ;
Elle voit du Très-Haut la splendeur souveraine,
Devant Dieu prosterné, le brûlant séraphin ;
Elle entend les soupirs des harpes ravissantes,
Qui devant le Seigneur sans cesse frémissantes,
   Lui murmurent l'hymne sans fin.

   « Vous qui pleurez ma vie éteinte,
   Vous dit-elle, parens, époux,
   Oh ! pourquoi prolonger la plainte,
   Quand le ciel me sourit si doux ?

---

* On dit que la reine, en apprenant la mort de sa fille, tomba à genoux et s'écria : Oh ! mon Dieu, j'ai un enfant de moins, et vous avez un ange de plus !

Mêlée aux phalanges suprêmes,
Je revêts tes chastes emblêmes,
Ineffable et sainte candeur ;
Et sur mon front une auréole
Verse ses feux, divin symbole
De l'impérissable grandeur.

Oui, j'étais une âme exilée,
Qui, vers son radieux séjour,
A son matin s'est envolée
Sur les ailes du saint amour.
J'ai quitté ce monde d'argile,
Où la douleur en tout asile,
Fait vibrer son cri déchirant :
Terre glacée et déplorable,
Où ce voyageur misérable,
L'homme, s'en va pâle et mourant.

Séchez vos pleurs, amis fidèles ;
Car mon âme aux pieds du Seigneur,
Dans les demeures éternelles,
A conquis l'éternel bonheur.
O ma mère, aspirez aux célestes rivages !
Venez, Dieu vous convie ; entendez son appel.
Le monde sous vos pas enfante des orages ;
Joie et félicité ne reluisent qu'au ciel. »

Marie, objet charmant que posséda la terre,
Et dérobé si vite à l'amour d'une mère,
De l'art inconsolable exprimant la douleur,
Ma muse offre à ta tombe une modeste fleur.
Du haut de ta demeure, oh ! puisses-tu sourire,
Noble fille des rois, à ce chant de ma lyre.
Hommage simple et pur, de candeur revêtu,
Il ne s'adresse point à ta riche couronne,
Mais au génie ardent qui sur ton front rayonne,
    Mais à ta céleste vertu !

UN COEUR DE JEUNE FILLE.

◦-❡❦-◦

.... Précocement fanée
D'un mal vague et rêveur ta jeunesse est minée
JULES CANONGE.

I.

Dans ce calme boudoir où le luxe étincelle,
Sur la molle ottomane aux tentures d'azur ,
Quelle est cette beauté mélancolique et frêle
    Dont le regard reluit si pur ?

C'est la jeune Héléna qui, pareille aux sylphides,
Hier s'abandonnait au charme délirant
De la danse joyeuse et des valses rapides
    Où s'allume un feu dévorant.

Maintenant solitaire et des plaisirs lassée,
Elle est triste et son front se penche sur sa main;

Mais un soudain éclair traverse sa pensée,
  Elle s'élance et dit : Demain !

Demain, bonheur nouveau; demain, nouvelle fête;
Déjà le bal s'anime et furieux bondit.
Regarde..... Un ciel si bleu rayonne sur ta tête :
  Oh ! c'est pour toi qu'il resplendit.

Voici venir le flot de tes jeunes compagnes,
Te disant : Le printemps est si beau ce matin !
De la flûte sonore entends, vers les montagnes,
  Bruire le murmure lointain.

Viens avec nous danser. Elle court, elle vole;
Et déjà le soleil, cachant son disque d'or,
Fuyait sous l'horizon, qu'Héléna vive et folle,
  Aux danses se livrait encor.

Telle en ses premiers ans sémillante et rieuse,
Humant le doux zéphir comme une jeune fleur,
Elle allait, effeuillant sa vie insoucieuse,
  Imprévoyante du malheur.

Le monde la voyait, haletante d'ivresse,
Suivre en ses flots mouvans cette orageuse mer,

Et boire avidement la coupe enchanteresse
 Dont la lie est un fiel amer.

Vierge, elle possédait ce que le monde adore,
De l'esprit et du corps les dons étincelans,
Magnifiques hochets dont l'homme se décore :
 Opulence, beautés, talens.

Aussi, mille désirs, comme une ardente flamme,
Palpitaient dans ses yeux, bouillonnaient dans son cœur;
Et l'orgueil s'éveillait, et déjà dans son âme
 Se dressait superbe et moqueur.

II.

Mais un jour, ô surprise ! on l'aperçut dans l'ombre,
Pâle s'agenouiller, et sur la dalle sombre
 Épandre des ruisseaux de pleurs.
On l'ouït murmurer quelques paroles saintes,
A des sanglots brûlans mêler de sourdes plaintes,
 Et comme des cris de douleurs.

Oh ! dans ce cœur joyeux où riait l'espérance,
Quelle main tout-à-coup fait vibrer la souffrance?
 Quel sort jette un funèbre deuil?
Regrette-t-elle un frère, espoir de sa famille?

Ou bien un mot cruel, blessant la jeune fille,
    A-t-il soulevé son orgueil?

Est-ce un père mourant qui cause ses alarmes ?
Une mère au tombeau qui fait couler ses larmes ?
    Pleure-t-elle un bonheur perdu?
Est-ce un amour trompé dont l'ardeur insensée
Sous d'amers souvenirs accable sa pensée,
    Et brise son cœur éperdu ?

Non, aucun noir regret ne l'étreint ou la ronge ;
Aucun amour trompé ne vient, comme un vain songe
    Troubler ou fasciner ses sens ;
Cependant la voilà, pleurante, échevelée,
Pareille à la douleur qui sur un mausolée
    Exhale de plaintifs accens.

Pour elle désormais plus de riche parure,
Plus de fleurs décorant sa blonde chevelure,
    Plus de superbes ornemens.
Qu'importe au cœur brisé par de secrètes peines,
Tout ce frivole éclat des vanités mondaines,
    Et la splendeur des diamans ?

Adieu, brillans banquets où la gaîté rayonne,
Resplendissantes nuits où le bal tourbillonne,
    Adieu, vous ne la charmez plus.

Menteuses voluptés, imposture, délire,
Qu'êtes-vous pour celui dont le regard aspire
    A la sainteté des élus?

Et les vierges, ses sœurs, caressantes et vives,
Venaient la gourmander de paroles naïves :
    « Héléna, voudrais-tu nous fuir?
Dis-nous par quel chagrin ta vie est consumée
N'es-tu plus notre sœur et notre bien-aimée?
    Oh! parle..... peux-tu nous haïr? »

Héléna répondait par un amer sourire,
Mais tendre cependant et qui semblait leur dire :
    « Enfans, je vous aime toujours;
Mais je viens d'échanger mes caprices frivoles,
Mes désirs insensés et mes passions folles
    Contre d'ineffables amours. »

« De mes plaisirs mondains s'évanouit le rêve,
Mais un jour radieux dans mon âme se lève,
    Reflet d'un jour plus pur encor.
Vers des biens mensongers le monde nous entraîne :
Comme Héléna, mes sœurs, fuyez cette ombre vaine;
    Cherchez au ciel votre trésor. »

III.

Ainsi, désormais solitaire,
Jeune fille, pareille au lys candide et pur,
Loin des vanités de la terre,
Tu ne veux qu'un repos obscur.

Comme on voit dans le sanctuaire,
Le parfum s'envoler vers les dômes pieux,
Sur les ailes de la prière
Ton âme monte vers les cieux.

Mais dans ton sein une voix crie :
Héléna, mes cieux sont si beaux !
Oh! viens dans la sainte patrie,
Savourer l'éternel repos.

Et la vierge, en effet, déjà frêle et souffrante,
Éprouvant d'un long mal l'atteinte dévorante,
Penchait vers son déclin, et son corps sans vigueur
Allait s'étiolant, consumé de langueur.
La toux déchire et bat sa poitrine brisée.
Une couleur de feu sur sa joue embrasée,
Coupant de son front mat la mortelle pâleur,

Révèle du poumon l'intestine douleur.
Sa vie hélas ! n'est plus qu'une longue agonie :
Sur sa couche funèbre où se tord l'insomnie,
La fièvre à l'œil de flamme, au martyre incessant,
Fait bondir son artère et bouillonner son sang.
Eh bien ! malgré les maux dont ce corps est la proie,
L'esprit calme et serein resplendissait de joie.
Sur cette bouche terne un sourire vainqueur
Inscrivait l'espérance avec la paix du cœur.
Aussi pour ce cœur pur, pour cette âme paisible,
Le trépas a perdu son épouvante horrible.
La mort n'est plus ce monstre échappé des enfers ;
C'est l'être radieux qui vient briser nos fers ;
Qui retirant l'esprit de sa prison grossière,
Lui dit : Montez au ciel, noble enfant de lumière !

* * *

Quand Héléna mourut, quand, céleste rayon,
Son âme s'envola vers le Dieu qui délivre,
Sa main pâle montrait les pages d'un saint livre,
　　Sa lèvre murmurait un nom.

LES ROMANS.

✪

A M. Jean REBOUL, de Nimes.

-o-⊛⊛-o-

La gloire ne peut être où la vertu n'est pas.
LAMARTINE.

Il est un être impur, aux principes infames,
Qui fascine les sens et corrode les âmes ;
Qui, semant dans les cœurs son horrible poison,
Dans un sentier fatal égare la raison.
Il revêt, à son gré, mille formes étranges :
Tantôt, pour vous charmer, c'est le plus beau des anges ;
Tantôt sombre et maudit, astucieux serpent,
Sous votre toît qu'il souille il se glisse en rampant.
C'est la femme aux yeux bleus, au sourire magique,
Cachant la fausseté sous un maintien pudique ;
C'est le sylphe trompeur ou la ménade en feu,
Qui s'agite, en hurlant, sous la main de son Dieu,

Et qui, l'œil effaré, le front taché de lie,
Étale aux carrefours sa sauvage folie.
Mais quel est, diras-tu, ce hideux nécroman,
Ce protée odieux ?... Le moderne roman,
Le roman qui, gorgé d'un venin délétère,
Préconise le vice et chante l'adultère,
Et colporte en tous lieux avec impunité
De ses impurs tableaux le cynisme effronté.
Bien souvent, toutefois, il sait avec adresse
Des instincts les plus vils colorer la bassesse;
Ériger en vertus les faiblesses du cœur,
Et lancer, en riant, son sarcasme moqueur.
Il peut prêter au crime une enveloppe aimable,
Attiédir le remords dans une âme coupable,
Et, voilant à ses yeux la honte ou le danger,
Dans un gouffre d'horreurs lentement la plonger.

Parmi nos romanciers un groupe fort habile
Des plus vives couleurs sait empreindre son style;
Je ne le nîrai pas; leur génie abondant,
Riche d'invention, souple, incisif, ardent,
Peut rendre à larges traits une émouvante scène,
Dont le ton éblouit, dont le prestige entraîne;
Répandre la chaleur d'un intérêt puissant
Dans les replis noueux d'un drame saisissant,
Et faire étinceler, en de mâles peintures,

Des caractères forts, aux nerveuses statures.
Mais que m'importe, ami, si le vice debout
Triomphe en ces écrits de l'un à l'autre bout;
Si les nobles vertus, si la sainte morale,
Sous ses ongles de fer poussent leur dernier râle,
Si l'esprit haletant sous de hideux tableaux,
D'une bave empestée y voit croupir les flots?

Autrefois, lorsqu'enfant je regardais dans l'âtre
La flamme tournoyer voltigeante et bleuâtre,
Tandis que j'entendais, penché sur le tison,
Dehors, sur mes volets, hurler l'âpre saison,
Oh! que j'aimais alors, malgré son verbiage,
Ce Ducray-Duminil, romancier du jeune-âge,
Et son brigand Roger et son héros Victor,
Ces rapts et ces combats que je crois lire encor,
Long enchevêtrement de sombres aventures,
De mes joyeux quinze ans délectables pâtures.
Je conviens que son style était maussade et dur,
Et se moquant des lois d'un goût sévère et pur,
Que ses mots offensaient l'oreille et la cadence;
Toutefois, je l'avoue, il charmait mon enfance.
Ses récits m'attachaient naïfs, intéressans,
Et ravissaient mon cœur sans corrompre mes sens.

Des modernes conteurs le facile génie
Possède une plus douce et plus riche harmonie,

Et je le dis encor : Parfois sous leurs pinceaux,
La lumière jaillit en lumineux faisceaux ;
Mais malgré cet éclat qui brillante leurs pages,
Cher Reboul, dis-le moi : quand j'ai lu leurs ouvrages,
D'où vient que mon esprit fatigué, mécontent,
Comme un venin mortel les rejette à l'instant ?
D'où vient que mon regard, comme en de sombres rêves,
Voit des monstres rugir et se croiser des glaives ;
Qu'un cauchemar, sorti des gouffres ténébreux,
Semble souiller mon corps de son contact affreux ?
Pour la sainte vertu mon cœur n'a plus d'hommages ;
Hélas ! traîné par eux sur d'horribles images,
Pourrait-il désormais, dans leur fange abattu,
Sur son autel pudique adorer la vertu ?

Vous qui dans vos écrits déifiez le crime,
Oh ! des arts, dites moi, quel est l'objet sublime ?
Cet objet n'est-il pas, si je l'ai bien compris,
De plaire à la raison, d'épurer nos esprits ;
D'élever au-dessus des vulgaires pensées,
Nos âmes dans ce monde à tous les vents poussées ;
D'allumer dans nos cœurs ce céleste flambeau
Qui dirige nos pas dans les sentiers du beau ;
De peindre la vertu dans ses plus nobles charmes,
Et d'ouvrir doucement la source de nos larmes ?
Des arts, vous l'avoûrez, tel est le but divin :

Hors de là, leur prestige est dangereux et vain.
Eh bien! lorsque mes pleurs demandaient à s'épandre,
Quand mon cœur s'émouvait et voulait se détendre,
Dans mes sens éperdus vous semez la terreur,
Vous me navrez d'angoisse ou me glacez d'horreur.

Oui, d'indignes tableaux, de peintures sauvages,
Un génie infernal a peuplé vos ouvrages.
Vous avez inventé mille monstres hagards
Qui choquent notre esprit et blessent nos regards;
Des êtres inouis, aux formes fantastiques,
Des bancroches hideux et des nains rachitiques,
Êtres disgraciés, dégoûtans ou pervers,
Dont vous avez sali votre prose et vos vers.
Vous nous avez dépeint dans leurs antres profanes,
Des roués avilis, d'impures courtisanes;
Dans leurs bagnes affreux, image des enfers,
Des forçats endurcis hurlant contre leurs fers;
De l'instrument de mort l'appareil homicide,
Le coutelas tombant sur le front parricide,
Et la foule muette et, sous le coup sanglant,
L'artère divisée et le corps pantelant.
Mais laissons cette boue et cette ignominie
Où de nos romanciers se complaît la manie;
Car devant ces objets l'âme peut se flétrir,
Et le cœur se corrompre et la vertu périr.

Jeunes auteurs, pour vous il existe un modèle,
Peintre de la nature, aussi grand que fidèle;
Romancier comme vous, esprit large et puissant,
Historien sublime et conteur ravissant;
De ses récits pompeux, ou plaisans ou sévères,
Habile à manier les brillans caractères;
Dans ses conceptions donnant à chaque trait,
Une couleur exquise, un magique intérêt;
Mais surtout du roman évitant la licence,
Ne présentant jamais à l'œil de l'innocence
Aucun de ces tableaux repoussans de laideur,
Dont s'offense le goût, dont rougit la pudeur.
Faut-il vous le nommer cet auteur qu'on admire,
Qu'on lit avec amour et qu'on aime à relire?
C'est le barde écossais qui chanta Waverley,
La noble Rébecca, le farouche Burley,
Énergiques portraits, ineffables peintures,
Dont semblent sous nos yeux se mouvoir les figures.
Mais aussi, d'Abbotsford * l'écrivain renommé
A grandi dans le monde et, toujours plus aimé,
Reçu près du foyer, admis dans la famille,
Il est lu par la mère et par la jeune fille,

---

* Maison de campagne, en Écosse, appartenant à Walter-Scott, et
où résidait habituellement cet homme célèbre.

Lorsque, venin brûlant, le livre corrupteur
En vain chez le libraire implore un acheteur. *

Dans un roman fameux où l'amour en délire
De passion bouillonne et de langueur soupire,
Rousseau, d'une Héloïse exprimant les douleurs,
A ses lecteurs émus fit répandre des pleurs.
Mais jeté comme un leurre aux âmes imprudentes,
Un poison circulait dans ses pages ardentes;
Le vice y triomphait, vainement combattu,
Se cachait sous le masque et s'appelait vertu.

Ce n'est pas sur ce ton, qu'un célèbre génie
Nous peignit tes malheurs et ta lente agonie,
Clarisse, ange de grâce et d'exquise beauté,
De suprême vertu, de sainte pureté,
Et la douce miss Howe et l'affreux Lovelace,
Ce monstre haletant de luxure et d'audace;
Et ces Harlowe enfin, frères, amis, parens,
Cœurs sauvages et durs, exécrables tyrans,
Chez qui ton âme chaste en sa longue souffrance,
Clarisse, n'a trouvé que lâche indifférence.

* Les romans immoraux de notre époque ne se trouvent à peu près
que dans les cabinets de lecture, et, bien que l'homme de goût puisse
les lire, toutefois il ne consentira jamais, s'il a surtout une famille,
à les placer dans sa bibliothèque.

Oh ! voilà l'écrivain que l'on doit imiter,
Celui, jeunes auteurs, qu'il vous faut méditer,
Si vous voulez enfin, par de nobles ouvrages,
Du public connaisseur conquérir les suffrages.
Hélas ! ce prix rayonne et ne vous tente pas,
La spéculation a pour vous plus d'appas :
A ce démon fatal prostituant vos plus plumes,
On vous voit sans relâche entasser les volumes ;
Mais en vain le négoce, ardent calculateur,
Inscrit sur vos feuillets un grand nom d'éditeur ;
En dépit de ce soin, vos romans téméraires
Ont ruiné deux fois éditeurs et libraires.
Qui peut à vos écrits donner quelque valeur ?
Est-ce un style où pétille une fausse couleur,
Un jargon nébuleux et quelquefois barbare
Où l'esprit vagabond dans le vide s'égare ?
Désertez, croyez-moi, ce funeste sentier,
Où l'art se déshonore et n'est plus qu'un métier.
Proscrivez ces tableaux que la pudeur condamne,
Où le vice n'a plus qu'un voile diaphane.
Soumettez l'art au goût, le génie au bon sens ;
Soyez corrects et purs, chaleureux et décens ;
Et vous verrez enfin le public vous sourire,
L'honnête homme, à son tour, vous aimer et vous lire,
Puiser dans vos écrits une utile leçon,
Et chez vous retrouver et Scott et Richardson.

LA SOURCE INCONNUE.

✿

A M. SIGAUD , Professeur d'histoire & de philosophie.

❧❀❧

Il est dans le désert une source ignorée ,
Dont l'onde au sein des bois mollement égarée
Coule en paix , sous l'abri de leurs dômes mouvans ;
Sur des tapis de mousse , asile du mystère ,
S'épand sans s'épuiser cette onde solitaire ,
Que ne troublent jamais la tempête et les vents.

Plus d'un saule argenté se penche sur ses rives.
Mille insectes brillans y volent, gais convives,
Butinant sur les fleurs un liquide trésor.
Dans les rameaux courbés en mobiles arcades,
L'œil voit tourbillonner leurs folles myriades,
Rayonnantes de pourpre et de saphir et d'or.

Oh! que cette onde est pure et son murmure frêle!
La colombe moirée y vient mouiller son aile,
Et maint poisson se joue en son flot transparent.
Le jeune faon s'y baigne et bondit sur la plage,
Et le cerf altéré de fraîcheur et d'ombrage,
Y brave des soleils le rayon dévorant.

Des plus riantes fleurs ce rivage étincelle :
C'est l'iris incliné sur le flot qui ruisselle,
C'est la douce pervenche aux pétales d'azur,
La blanche marguerite en étoile étalée,
Et le lys gracieux, ce roi de la vallée,
Aspirant l'eau du ciel dans son calice pur.

Mais dans ces flots perdus en ce sombre bocage,
Ce qui charme mon cœur et lui plaît davantage,
C'est leur isolement chaste et mystérieux :
Telle ma vie, ami, solitaire et cachée,
Aime les lieux déserts et s'écoule épanchée
Parmi les fleurs, les champs, les bois silencieux.

Oh! le désert est doux à mon cœur de poète.
Sais-je en nos environs quelque obscure retraite,
Quelque roc isolé, quelque site inconnu?
J'y porte avec amour ma molle rêverie,
Je m'en fais un asile et presque une patrie,
Et mon cœur s'y dilate en maint rêve ingénu.

Là, mon regard distrait suit les flottans nuages,
Où j'ébauche à mon gré de fantasques images,
Le front fier et hautain d'un monstrueux géant,
Des vaisseaux et des mers, des caps, des promontoires,
De difformes boas, un fleuve aux ondes noires,
Et d'un Vésuve en feu le cratère béant.

J'aime, assis sur la roche où fleurit l'aubépine,
A voir la chèvre pendre aux flancs de la colline;
Des lueurs du couchant l'horizon s'enflammer;
Et, quand la sombre nuit descend dans les campagnes,
Briller un feu rustique au loin vers les montagnes,
Et dans l'azur du ciel les astres s'allumer.

J'aime ces bruits divers que la soirée amène,
Les mornes tintemens de la cloche lointaine,
Et le chant triste et doux des nocturnes oiseaux,
Et le troupeau bêlant ramené vers l'étable,
Et des vastes forêts la plainte lamentable,
Et le vent qui soupire en pliant les roseaux.

Il est parmi ces bruits de vagues harmonies
Que notre âme perçoit, confuses, infinies,
Et qui peuplent les flots, et la terre et les airs ;
Voix si pleines de charme et de mélancolie,
Qu'on dirait quelquefois des harpes d'Éolie
Qui murmurent au loin d'ineffables concerts.

J'aime à voir la jeune aube éclairant la contrée,
Les doux balancemens de la moisson dorée,
Et les rayons du soir qui tremblent sur les eaux,
Sur l'odorante fleur l'abeille qui voltige,
L'alouette qui chante, et sur une humble tige
La tranquille Arachné déroulant ses réseaux.

Murmurantes forêts, frais vallons, rocs sauvages,
Où hurlent les torrens, où sifflent les orages,
Pour vous revoir bientôt, je vous délaisse... Adieu.
L'amant des arts se plaît à rêver sous vos ombres,
Car vos dômes, vos bruits, vos flots, vos antres sombres,
Racontent à son cœur les merveilles de Dieu.

CONSOLATIONS A UNE JEUNE MERE.

Et secouant ses blanches ailes,
L'ange, à ces mots, a pris l'essor
Vers les demeures éternelles.

JEAN REBOUL.

Il n'est plus cet enfant dont les jeunes tendresses
    T'offraient un bien si doux,
Et qui te prodiguait ses naïves caresses,
    Assis sur tes genoux.

Oh! de quel vif éclat son enfance éphémère
    Brillait de jour en jour!
De quels soins incessans, de quel amour de mère
    Tu payais son amour!

Je le sais, Elvina; mais je sais que la vie
    N'est qu'un pâle flambeau
Que de son souffle impur fait vaciller l'envie
    Et qu'attend le tombeau.

Vois l'homme haletant sous le mal qui l'accable ,
Et , vaincu par le sort ,
S'en aller tristement, voyageur misérable ,
Des douleurs à la mort.

Ton fils a rejeté cette amère souffrance ,
Et désireux du ciel ,
Il fuit vers sa patrie, et n'a de l'existence
Savouré que le miel.

Tu pleures cependant, Rachel inconsolée ,
Veuve de ton enfant ,
Lorsque ce tendre ami , dans la sphère étoilée
Repose triomphant.

Car ces anges si beaux , près du trône suprême ,
Vont tous se réunir ,
Fidèles à l'appel que Dieu leur fit lui-même :
« Oh ! laissez-les venir *. »

Si ton fils luit aux cieux, pourquoi donc par la plainte
Prolonger ton ennui ?
Il ne vient point vers toi de la demeure sainte ,
Mais tu marches vers lui.

* Laissez venir à moi ces petits enfans et ne les empêchez point.
Evangile.

Oui, vers lui, chaque jour, chaque heure évaporée
    T'entraîne incessamment ;
Il t'appelle et sourit, pauvre mère éplorée,
    A ton embrassement.

Eh bien ! quand du Seigneur la droite appesantie
    Te brise, jeune fleur,
Oh ! ne murmure point ; la main qui te châtie,
    Calmera ta douleur.

MA SYLPHIDE *.

A M. Jules CANONGE.

—o•Ɔ⊕Ɛ•o—

Rayon divin , es-tu l'aurore
Du jour qui ne doit point finir
LAMARTINE.

Ami , lorsque le jour s'achève ,
D'une Sylphide , au regard pur ,
Jamais n'as-tu vu dans ton rêve
Ondoyer l'écharpe d'azur ?

* Horace a dit :
...........,......... *Pictoribus atque poetis ,*
Quid libet audendi semper fuit æqua potestas.
En conséquence de cet axiome du maître, j'ai cru pouvoir per-
sonnifier un sentiment , une croyance, et il m'a semblé que la forme
la plus agréable à leur donner était celle de cet être imaginaire , mais
si gracieux , qu'on appelle une Sylphide.

Parfois, quand mon front s'abandonne
Aux molles langueurs du sommeil,
Cette fée à mes yeux rayonne
Et m'enchante jusqu'au réveil.

Mais comment te peindre l'empire
De cet être envoyé de Dieu,
Et le chaste et divin sourire
Qui scintille dans son œil bleu?

Et sa voix qui charme et console,
Et le bruit si doux de ses pas,
Et l'éblouissante auréole
Dont s'environnent ses appas?

Balançant son aile de gaze,
Elle se pose à mon chevet.
Mon âme contemple en extase
Le saint éclat qui la revêt.

Oh! pourquoi du haut de la nue,
Cet astre descend et me luit?
Quelle est cette vierge inconnue
Qui me visite dans ma nuit?

Serait-ce l'esprit qui me garde
Et veille inquiet sur mes jours,

Dont l'œil attentif me regarde,
Dont le bras me porte secours?

Est-ce un favorable génie
A l'aspect doux et caressant,
Qui dans des songes d'harmonie,
Sur ma couche me va berçant?

Ou plutôt l'ange du poète
Qui vient sur mon front endormi,
La nuit pencher sa blonde tête
Et fixer son regard ami?

Sylphide aussi chaste que belle,
Que m'amène un rayon du soir,
Et qui m'effleurant de ton aile,
Près de mes genoux viens t'asseoir;

Oui, c'est le Seigneur qui t'envoie
Pour soutenir mon pied tremblant,
Au milieu de la sainte voie,
Où je marche encor chancelant.

Oh! s'il est ainsi, luis sans cesse
Aux bords de mon pâle horizon;
Chasse de mes yeux l'ombre épaisse
Où s'ensevelit ma raison.

Eclaire de célestes flammes
Ce cœur faible et prompt à changer.
Courbe-moi sous le roi des âmes ;
Car son joug est doux et léger.

De sa parole écho sublime,
Calme et rassure mon esprit.
Écarte mon pied de l'abîme
Où l'orgueil des sages périt.

Sur les flots où ma frêle voile
S'agite sous un vent de mort,
Deviens la radieuse étoile
Qui guide mon navire au port.

Sois la voix tour-à-tour austère,
Ou suave comme le miel,
Qui me crie : Enfant de la terre,
La fin de ta course est au ciel.

Sois pour moi la chaste compagne,
La muse aux vers mélodieux,
L'esprit de la sainte montagne
Par qui vibrent les luths pieux.

Oh ! sois aussi ma messagère
Auprès du poète charmant,

Pour qui ma muse en ce moment,
Crayonne une épître légère.

De sa verve aux riches couleurs
Dis-lui que je sens la magie ;
Que parfois sa pure élégie
Dans mes yeux fait luire des pleurs.

Puis ici, gardienne fidèle,
Retourne, et prenant ton esor,
Revole aux cieux où Dieu t'appelle,
Vers moi pour revenir encor.

LE RÉVEIL.

Éternel, je me suis retiré vers toi.

Ps. lxxi. Vers. 1.

Quel est ce jour nouveau dont la vive lumière
D'un rayon chaste et pur éclairant ma paupière,
Comme un divin soleil brille à mon horizon,
Radieuse clarté qui descend dans mon âme,
Et qui va dissipant, sous sa puissante flamme,
    Les ténèbres de ma raison ?

Monde, ce ne sont point tes lueurs passagères,
Météores trompeurs, images mensongères,
Feux follets scintillans dans une obscure nuit.
Tombez, pâles éclairs, ou fuyez dans l'abîme :
Disparaissez enfin devant l'éclat sublime
    De l'astre immortel qui me luit.

Ce soleil de mon cœur, oh! c'est la douce étoile
Qui, de la nuit d'azur perçant le sombre voile,
Penche sur Bethléem son visage riant.
C'est l'astre qui roulant dans la sphère infinie,
Vers le Dieu qui repose en la crèche bénie,
     Guide les mages d'Orient.

Du salut glorieux c'est la bonne nouvelle
Qui dans mon cœur brisé surgit et se révèle,
Et d'un jour ineffable illumine mes sens.
C'est le Dieu rédempteur qui vers lui me convie;
C'est la religion qui pour charmer ma vie,
     Me dit ses hymnes ravissans.

Mes regards dessillés à son flambeau s'entr'ouvrent,
Des mondes radieux devant moi se découvrent:
L'espérance, au front pur, au lumineux essor,
Comme un fils nouveau-né m'abrite sous son aile,
Et la foi me montrant la patrie éternelle:
     Me crie: Oh! c'est là ton trésor.

Espoir, foi, charité, vos chastes voix m'appellent,
Et mon âme est émue et mes larmes ruissellent,
Et mon esprit vaincu sort de son long sommeil.
Auguste vérité, descends dans tout mon être;
Malheureux le mortel qui n'a pu te connaître,
     Vrai bonheur, céleste réveil.

Que j'aime la sainte tristesse
D'une âme qui dans sa détresse,
O Seigneur, va criant vers toi;
Qui pareille à la biche errante
Qui brame après l'eau murmurante,
Regarde en sa soif dévorante,
Vers les merveilles de ta loi.

Du sommeil de mort réveillée,
Avec toi réconciliée,
Elle exhale en hymnes pieux
Tous les chants dont elle s'inspire.
Ce n'est que vers toi qu'elle aspire;
Les moindres accords de sa lyre
Font vibrer un écho des cieux.

Que ce soit aux vertes campagnes,
Sur l'âpre sommet des montagnes,
Dans les vallons mystérieux;
Que ce soit la nuit ou l'aurore,
Sa prière au Dieu qu'elle adore,
Sans cesse monte et monte encore,
Comme un soupir mélodieux.

Oh! pour cette âme solitaire,
L'Eden resplendit sur la terre,

Et coulent la myrrhe et le miel.
Heureuse, elle cherche ta face,
Seigneur, et ta loi qu'elle embrasse,
Lui verse un rayon de ta grâce,
Ineffable trésor du ciel.

Qu'ils sont beaux tes parvis devant le cœur qui t'aime!
Que le mortel pieux trouve un charme suprême,
Près de ta cité sainte et des eaux de Cédron!
Qu'ils sont resplendissans de riche poésie,
L'Horeb et le Sina, ces vieux géans d'Asie,
Le sentier d'Emmaüs et la fleur de Saron!

Oh! que n'ai-je Seigneur, l'aile de la colombe,
Pour m'envoler soudain aux lieux où dort ta tombe,
Sur le mont ennobli par tes longues douleurs!
Adorant de tes pieds les empreintes sanglantes,
Là, je viendrais m'asseoir..... A vos ondes brûlantes,
Pleurs de Gethsémané, je mêlerais mes pleurs.

Mais pourquoi, m'épuisant en désirs téméraires,
Aller te demander aux rives étrangères,
Quand ta parole sainte, en mon cœur altéré,
Chaque jour, chaque instant, élargit ses conquêtes,
Et crie à ce cœur triste et battu des tempêtes:
   Oh! viens, je te soulagerai.

Et tu m'as délivré de mes mortelles peines ;
Et quand j'allais périr, j'ai senti dans mes veines
L'espérance descendre et circuler ta paix ;
Pareil au voyageur, las de courses lointaines,
Qui savoure tranquille, au doux bruit des fontaines,
    L'ombre des feuillages épais.

O daigne soutenir mon esprit qui chancèle,
Au milieu de ce monde où la joie étincelle,
Et dans la solitude où tes saints vont pleurer.
Pénètre de ton souffle et mon frêle génie,
Et mon luth palpitant d'une chaste harmonie,
    Et mon cœur qui veut t'adorer.

LA POÉSIE.

O sons ! ô douces voix chères à mon oreille !
O mes muses, c'est vous, vous, mon premier amour.
ANDRÉ CHÉNIER.

Fille du ciel, riant génie,
Qui de fraîcheur et d'harmonie,
Décores mes plus tristes jours,
Viens, sans romantique délire,
Réchauffer les sons de ma lyre,
O poésie, ô mes amours !

Belle de ta grace pudique,
O ma vierge, à l'œil prophétique,
Touche-moi de ton souffle..... accours.
Épands sur ma lèvre inspirée,
Le miel de ta bouche sacrée,
O poésie, ô mes amours !

Quand mon esprit chancèle et tombe ,
Luis sur mon front, blanche colombe
M'apportant le divin secours.
Comment sans tes clartés sereines ,
Vivre en nos douloureuses peines ,
O poésie, ô mes amours !

Si l'horizon se décolore ,
A mes yeux ton pinceau le dore ,
Et de feu rougit ses contours.
Tu fais au désert le plus sombre ,
Resplendir des clartés sans nombre ,
O poésie, ô mes amours !

Quand la tempête tourbillonne ,
Lorsque le flot hurle et bouillonne ,
Je t'entends ; car c'est toi toujours,
C'est encor toi, quand l'eau soupire ,
Et que frissonne le zéphire ,
O poésie, ô mes amours !

Aux jours de ma folle jeunesse ,
Tu venais me versant l'ivresse ,
Et m'enflammant de tes discours.
Oh ! quand l'illusion s'envole ,
Que ta voix encor me console ,
O poésie, ô mes amours !

SOUVENIRS.

—

A M. E***.

-o-𝔇𝔢-o-

> Heureux celui qui ne connaît rien au-delà
> de son horizon, et pour qui le village voisin
> même est une terre étrangère.
>
> BERNARDIN DE SAINT-PIERRE.

Esprit ingénieux qui sais instruire et plaire,
Qui défends la raison sans fiel et sans colère,
Cher Eugène, dis-moi, n'as-tu point oublié
Ces passe-temps heureux où la tendre amitié,
Indulgente et joyeuse, au gré de notre envie,
Pour nous semait de fleurs le sentier de la vie ?
Mon cœur n'a point perdu ce touchant souvenir,
Et de ce doux passé voudrait t'entretenir.
Prête donc à ma muse une oreille attentive,

Et mettant de côté l'écrit qui te captive
Et dont le tour brillant, le vers original,
Allaient être explorés dans ton grave journal,
Oublieux un instant de ta docte retraite,
Accompagne en esprit ma course de poète.
Depuis ces jours remplis de tant d'attraits divers,
Nous avons vu, tu sais, s'envoler quinze hivers.
Délaissant la patrie où fleurit ta jeunesse,
Épris des arts divins, tu courus vers Lutèce.
Ami d'un doux repos, moi, je n'ai point quitté
Mes lares paternels et ma vieille cité.
A des labeurs obscurs dévouant mon étude,
Libre, j'ai cultivé mon humble solitude,
Asile où j'ai chanté ma joie et mes douleurs,
Et que ma main orna de verdure et de fleurs.
Mes arbres dont la tête en frais berceaux s'étale,
Ont reçu maintes fois ta visite amicale.
Indolens promeneurs sous leurs ombrages verts,
Nous allions devisant et de prose et de vers,
Écoutant sous l'ormeau que le zéphir balance,
Des oiseaux printaniers la joyeuse romance,
Ou suivant du regard l'eau qui va murmurant,
Le vent qui tourbillonne ou le nuage errant.
Chez nous jamais d'ennui, d'étiquette ou de gêne.
Aux murs de ma cité quand tu venais, Eugène,
Pour fêter ton retour, ami, tu te souviens

De nos rians banquets, de nos gais entretiens,
Babil capricieux, frivole causerie,
Qu'assaisonnaient la grace et la plaisanterie.
Aux jours du sombre hiver, quand dans l'âtre enflammé
Pétillait le sarment par mes mains allumé,
Aux carrefours déserts quand sifflaient les orages,
Tu me contais ta course en ces lointains rivages,
Où le nègre gémit, esclave malheureux,
Et que l'ardent soleil inonde de ses feux.
Mon esprit te suivait sur les gouffres de l'onde,
Avec toi j'abordais aux champs du Nouveau-Monde,
Et m'asseyais pensif sous les grands mangliers,
Les beaux magnolias, les superbes palmiers.
Mais, lorsqu'au doux printemps de suaves haleines
Soupiraient dans nos bois, frissonnaient dans nos plaines,
On nous voyait alors, désertant mon foyer,
Chercher des verts rameaux l'ombrage hospitalier,
Visiter le vieux fleuve * et sur ses molles grèves,
Sans souci nous étendre ou promener nos rêves,
Parcourir du pays le vignoble opulent,
Où mûri par les feux de l'astre étincelant,
Environné du pampre, ornement des collines,
Le raisin fait briller ses grappes purpurines.

* Le Rhône.

Oh ! te rappelles-tu ce canal calme et pur
Qui des cieux dans son sein réfléchissait l'azur,
Où de nombreux bateaux, de légères gondoles
Étalaient au soleil leurs frêles banderoles ?
Sur ses bords, tu le sais, nous venions nous asseoir
Contemplant quelquefois dans les ombres du soir,
La lune au haut des airs mollement emportée,
Et brisant sur les eaux sa lumière argentée.
Puis, quand resplendissaient les rayons du matin,
Nous regardions surgir, à l'horizon lointain,
Une nef qui gonflait, sous la brise marine,
Le triangle onduleux de sa voile latine.
Puis c'était un pêcheur qui, la rame à la main,
Fendait le sein des flots ; un effronté gamin,
Sautant dans la nacelle au rivage attachée ;
Sur le miroir des eaux la laveuse penchée ;
Le cri des bateliers, le bruit des chars pesans,
Et mille autres tableaux sérieux ou plaisans,
Inépuisables traits de la bonne nature
Dont je veux bien ici t'épargner la peinture.
Tu te souviens aussi, quand nouveau Trissotin,
Exhumant de ma poche un papier clandestin,
J'allais te déclamant, d'une voix solennelle,
Les fiers alexandrins éclos de ma cervelle.
Je vois encor d'ici ton sourire indulgent ;
Car tu sais qu'un ami ne peut être exigeant :

Et malgré Despréaux (il faut bien qu'on l'avoue)
Il conseille par fois, mais plus souvent il loue *.
Il aime à vous combler d'éloges délicats ;
Son cœur est ainsi fait et ne changera pas.
Il pourra critiquer, mais surtout il veut plaire :
De la tendre amitié tel est le caractère.
De tes rimes aussi j'étais le confident ;
Mais, poète discret et lecteur plus prudent,
Tu m'enviais les fruits de ton aimable veine,
Et de quelques lambeaux tu me dotais à peine.
L'élégie a pourtant sur ton luth soupiré.
A tes accords si doux moi-même j'ai pleuré.
Pourquoi donc, cher Eugène, avoir brisé ta lyre,
Quand la muse en ton âme exerçait son empire,
Quand tu sentais ton corps sous sa main frissonner,
Et tes vers comme un feu dans ton sein bouillonner ?
Je le sais : Le poète a ses luttes amères,
Et ses déceptions et ses folles chimères :
Quelquefois on dirait ce brûlant séraphin
Qui rayonne et circule en des mondes sans fin ;
Oh ! le voilà qui plane aux voûtes éternelles.
Puis, sur ce globe aride où l'air manque à ses ailes,
Dans cette boue impure où languit son essor,

---

* Aimez qu'on vous conseille et non pas qu'on vous loue.
                    BOILEAU , *Art Poétique.*

Il retombe bientôt pour s'élancer encor.
Reviens donc à ta muse et chante encor, poète.
Chante, car nulle lyre aujourd'hui n'est muette :
Partout le vers palpite et l'hymne monte aux cieux
Partout l'écho redit des bruits mélodieux,
Chants sonores et doux, voix sauvages, étranges,
Parfois cris de l'enfer, parfois soupirs des anges.

PLAINTES D'UN JEUNE MALADE.

Et je meurs. De leur froide haleine
M'ont touché les sombres autans.
MILLEVOYE.

Comme la lueur tremblante
De la lampe qui pâlit,
Ainsi ma force expirante
Et défaille et s'affaiblit.
Sous le mal qui me dévore,
Mon printemps se décolore,
Et mon âme sans vigueur,
Au ciel élevant ses plaintes,
Succombe sous les atteintes
D'une mortelle langueur.

Quel est donc ce mal qui brûle,
Et met le trouble en mon sang,
Qui dans mes veines circule,
Et brave l'art impuissant?

Sur ma poitrine qu'il presse,
Et sur mon front qu'il affaisse,
Il étend sa main de feu.
Devant ma douleur amère
Et les larmes de ma mère,
Apaisez-vous, ô mon Dieu.

Mais en vain mes pleurs ruissèlent;
Hélas! de fièvre épuisé,
Je sens mes pieds qui chancèlent
Sous mon corps pâle et brisé.
Fleur qui se fane et qui tombe,
Bientôt j'irai dans la tombe
Dormir du dernier sommeil,
Jusqu'à l'heure solennelle
Où la trompette éternelle
M'annoncera le réveil.

Oh! quand de mornes ténèbres
Auront obscurci mes yeux,
Sur mes dépouilles funèbres
Murmurez de saints adieux.
Puis, sur la fatale pierre
Qui recouvre ma poussière,
Oh! laissez couler vos pleurs.
Que votre main y répande

Quelque fragile guirlande,
Emblême de vos douleurs.

Croissez-y, douce pervenche,
Si chère au cœur de Rousseau;
Et que le saule s'y penche,
Comme au courant d'un ruisseau.
Amis, qu'aimait ma jeunesse,
Venez, l'œil plein de tristesse,
Quand le soir brunit les cieux,
Sous cette ombre hospitalière
Soupirer l'humble prière,
Ou chanter l'hymne pieux.

Viens à ton tour sur ma cendre,
Au pâle tomber du jour,
Bonne mère, faire entendre
Les plaintes de ton amour.
Et toi, si jeune et si pure,
O ma compagne future,
Clara, pleure aussi mon sort.
De notre doux hyménée,
Vois la guirlande fanée,
Sous l'étreinte de la mort.

Oh! quand ma lèvre flétrie
Ne pourra plus te nommer,

Qu'à mon chevet ta voix prie,
Vierge, qui sus me charmer.
Que ton regard me console,
Et qu'en mon cœur ta parole
S'épanche comme un doux miel.
A ta voix, ange suprême,
Il me semble que Dieu même
M'ouvre les portes du ciel.

Vois ce frêle météore,
Qui, dans la nue élancé,
Comme une ombre s'évapore;
Ainsi ma vie a passé.
Viens donc calmer ma souffrance,
Viens me parler d'espérance,
Et du céleste avenir.
Et puis, ma chaste colombe,
Donne une larme à ma tombe,
A mon âme un souvenir.

LES ARÈNES DE NIMES.

La grandeur romaine respire encore dans
ce monument. Son style colossal, les grandes
pierres de ses gradins écroulés , annoncent
jusque dans les ruines de ses ouvrages la
majesté du peuple-roi.

POUCQUEVILLE.

Quand de la nuit d'azur tombent les sombres voiles ,
Et que le ciel reluit tout scintillant d'étoiles ,
Que l'astre taciturne, au front pâle et changeant ,
Sur la morne cité verse ses rais d'argent ,
Oh ! que ma vue alors , doucement reposée ,
Aime de Nemausus le pompeux colysée ,
Où vient mugir la foule , où jadis le Romain ,
Joyeux se repaissait d'un spectacle inhumain.
Oui, Rome antique est là !.... Ces voûtes colossales ,
Ces énormes piliers , ces gigantesques dalles ,
Ces cintres radieux , par les âges rongés ,

En arceaux menaçans fièrement étagés,
Ces larges corridors, ces profonds vomitoires,
D'où, vers le Podium roulant en ondes noires,
Le peuple s'élançait tel qu'un fleuve orageux,
Tout rappelle ici Rome et ses horribles jeux.
Là, désertant soudain leur ténébreux repaires,
Des lions rugissans, de sauvages panthères,
Bondissaient dans l'arène où, martyrs glorieux
Que dévoue au trépas un peuple furieux,
De sublimes chrétiens, fiers d'un mâle courage,
Des monstres des déserts assouvissaient la rage :
Et tandis qu'ils mouraient, véritables héros,
En demandant au ciel le pardon des bourreaux,
Ce peuple palpitait d'une féroce joie ;
Et contemplant le tigre acharné sur sa proie,
Lançait à ces martyrs, meurtris et haletans,
Et ses rires moqueurs et ses cris insultans.
Tout le temps que hurlait l'épouvantable fête,
Un voile protecteur, suspendu sur le faîte*,
Versant son ombre molle au cirque ensanglanté,

---

* C'était le *velaria*, immense tente que l'on suspendait au-dessus des Arènes pendant les jeux, et qui s'attachait à des pieux enfoncés dans des trous qui existent encore au sommet du monument. *Voyez* ce qu'en dit M. Emilien Frossard dans son intéressant ouvrage intitulé : *Tableau pittoresque, scientifique et moral de Nîmes et de ses environs.*

Abritait des Césars la sombre majeté.
Lorsque l'œil des lions dans l'arène étincèle,
Des chrétiens déchirés lorsque le sang ruissèle,
Sans doute il fallait bien qu'au sein de cette horreur,
Rafraîchi par ce dais, le clément empereur
Pût, sans craindre du jour la flamme dévorante,
Respirer de ce sang la vapeur enivrante.

Mais pour rendre la joie à ces cœurs amollis,
Plébéiens corrompus, sénateurs avilis,
Renfermant sous le casque ou sous le laticlave,
Des fronts dégénérés, des bassesses d'esclave,
Toujours il faut du sang. Tyrans dévastateurs,
Voici pour vous charmer vos vils gladiateurs.
Dévoués à la mort, ils brandissent leur glaive;
Du cirque sous leurs pieds la poudre se soulève.
Le fer plonge en leur sein; ils tombent expirans :
Alors le peuple éclate en longs cris délirans;
Du soldat qui triomphe il applaudit l'audace,
Et surtout le vaincu qui succombe avec grace *.

* On frémit de dégoût et d'indignation lorsqu'on pense que les
mœurs de Rome étaient descendues à ce degré de raffinement barbare d'exiger du gladiateur vaincu qu'il tombât avec grâce sous les
coups de son adversaire, sous peine d'être massacré sur-le-champ.
Les spectateurs prononçaient son arrêt de mort en levant et dirigeant

Nos siècles n'ont point vu des jeux aussi cruels,
Et ces meurtres hideux et ces affreux duels.
Toutefois, des beaux jours quand le soleil rayonne,
Sur ces créneaux romains la foule tourbillonne,
Escalade le faîte, envahit les gradins;
Et là, le cou tendu, curieux citadins
Contemplent le taureau bondissant de colère,
Et heurtant de ses dards la tourbe populaire.
Tout s'élance, tout fuit. Pâle et d'effroi glacé,
Gît maint tauréador sur le sol renversé.
Le sauvage animal du pied creuse la terre,
Et sème l'épouvante au cirque solitaire.
Puis voici des lutteurs les groupes valeureux :
Enlaçant leurs genoux et leurs bras vigoureux,
On les voit tour-à-tour s'éviter et s'atteindre,
S'observer, se saisir, se repousser, s'étreindre,
Sur leurs jarrets nerveux leur muscles se gonfler,
Le vaincu haletant sur ses pieds chanceler,
Et sous l'effort du bras qui le presse et l'entraîne,
Tournoyer tout-à-coup et mesurer l'arène.

le pouce vers lui. L'humble vestale s'associait elle-même par ce
signe à l'horrible commandement de la multitude. C'est ce que prou-
vent ces vers d'un ancien poète :

.... *Pectusque jacentis*
Virgo modesta jubet, converso pollice, rumpi.

Et puis, c'est le manége aux hardis cavaliers,
Qui debout sur le dos de leurs légers coursiers,
Au cirque où leur adresse en courant se déploie,
Font ondoyer dans l'air leurs tuniques de soie,
Et par leurs jeux brillans, leurs tournois gracieux,
Des spectateurs ravis émerveillent les yeux.

Qu'il est riant et beau l'aspect de cette foule
Qui sur les hauts gradins tantôt s'agite et roule,
Et tantôt immobile attache un œil ardent
Sur le bœuf qui mugit, blessé par le trident,
Ou sur le fier lutteur dont la taille athlétique
Excite des houras la clameur frénétique.

Mais le jour va s'éteindre et la foule à longs flots,
Franchit du Podium le circulaire enclos,
Vers les larges portails en tumulte se rue,
Et comme un noir torrent s'écoule dans la rue.
Plus de bruit maintenant... Au doux tomber du soir,
Sur ces granits déserts, combien j'aime à m'asseoir !
Venez, interrogeons ces antiques décombres
Où des Césars romains semblent errer les ombres.
Oh ! du poète ici tout enchante les yeux :
Ces cintres menaçans, ces blocs audacieux
Qui soutiennent dans l'air leur masse rembrunie,
De la ville éternelle annoncent le génie.

L'herbe couvre ces murs par le temps mutilés,
Les siècles sur leurs fronts se sont amoncelés,
Et sur ces vieux créneaux, témoins de tant d'orages,
Ont de leurs dents de fer imprimé les ravages.
Toutefois, le labeur d'un zèle industrieux
Des débris qui souillaient le cirque radieux,
Nétoyant par degrés le noble amphithéâtre,
Rendit à la cité ces jeux qu'elle idolâtre,
Exhuma les vieux blocs, les fûts ensevelis,
Rétablit la splendeur des arceaux démolis,
Et déblayant le sol de la pompeuse arène,
Fit reluire l'éclat de sa grandeur romaine.
Mais ces murs reconstruits, réparés avec art,
De maint rêveur-poète ont blessé le regard.
Il les faut excuser, ces enfans d'harmonie;
Ils aiment la ruine et c'est là leur manie.
Les longs murs crevassés et les remparts croulans,
Sur leurs pieds vermoulus les frontons chancelans,
Et les fûts mutilés des colonnes superbes,
Couchés mornes et froids parmi les hautes herbes,
Les chapiteaux brisés, les combles entr'ouverts,
Où le lierre vivace étend ses anneaux verts,
Et les arceaux rompus des sombres cathédrales
Où le vent fait hurler ses plaintes sépulcrales.
Voilà ce qu'un poète adore de nos jours,
L'objet qui de son âme a conquis les amours.

Ce divin monument que l'univers admire,
Où voudrait-il le voir ?... Au désert de Palmyre,
Mais meurtri par les ans, cadavre abandonné,
Étalant au soleil son front découronné ;
Sous le cintre affaissé de ses noires arcades,
Abritant des chameaux les fauves cavalcades ;
Logeant sous ses débris, aux fentes de ses murs,
Des vampires hideux, des reptiles impurs.
Oh ! comme vous, mon cœur se complaît aux ruines ;
Mais pour sauver des arts les merveilles divines,
J'aime qu'un art nouveau, qu'un goût judicieux,
Soignent avec amour ces joyaux précieux,
Et, du temps destructeur atténuant l'injure,
Gardent en son éclat leur grande architecture *.
Soutiens dans la splendeur de leur sainte beauté
Les nobles monumens qui parent ta cité,
De ton front lumineux superbes auréoles,

---

* Il y a une ignorance qui ose recrépir et badigeonner les vieux monumens ; mais il y a, d'autre part, des hommes qui par respect pour ces nobles reliques, ou peut-être dans un but d'effet pittoresque ou de poésie, les laisseraient volontiers tomber en ruines. *Intra-muros peccatur et extra.* A cet égard, le triomphe du génie architectural serait, comme on l'a dit, de soutenir, de réparer même ces magnifiques œuvres de l'antiquité, mais de telle manière que l'art moderne se cachât complètement dans ces travaux ou se révélât le moins possible.

O fille des Césars, Nimes, Rome des Gaules *.

Que ton beau colysée apparaisse à nos yeux

Toujours indestructible et toujours radieux;

Que sur les hauts créneaux de sa masse imposante,

La lumière du ciel se joue étincelante,

Et que l'astre nocturne, au reflet argenté,

Le teigne des flots purs de sa pâle clarté.

Venez l'étudier, ô peintres et poètes,

Quand de l'ardente foule y fourmillent les têtes,

Quand autour des forums qui ceignent ses remparts,

L'œil voit tourbillonner, de tous côtés épars,

Ce peuple d'ouvriers qui des faubourgs s'élance,

Et montre aux boulevarts sa vive pétulance;

Et les hardis gamins et les chars opulens,

Calèches, tilburys, sur le pavé roulans;

Et ce monde choisi, désertant ses demeures,

Qui, du tiède couchant quand surgissent les heures,

Vient humer l'air si doux du beau climat natal;

Contemple sa Fontaine, au charme oriental,

Suit des trottoirs ombreux les vertes colonnades,

Et prolonge sans fin ses molles promenades.

** *Rome des Gaules* : c'est le nom à la fois juste et pompeux que
M. Jules Canonge donne à Nimes, sa ville natale, dans son charmant poème de *Térentia*.

L'ÉGOÏSME.

❖

Apologue.

> Quand j'ai bien bu et bien mangé, je
> veux que tout le monde soit saoul dans
> ma maison.
>
> *Le Médecin malgré lui*, Acte 1er,
> Scène 1re.

C'était un soir d'hiver, quand la bise accourue
Sur nos toits ébranlés avec fureur se rue.
Lise, jeune coquette, au sourire éventé,
Sortait de l'Opéra, brillante de beauté.
Sur un char opulent et de forme choisie,
Elle montait déjà, de froid toute saisie,
Lorsque, tournant la tête, elle avise à l'écart,
Sur la terre durcie un malheureux vieillard
Qui, pâle et délaissé, d'une voix douloureuse,
Invoquait des passans la pitié paresseuse.
Il gisait étendu : c'était horrible à voir.

La belle, à cet aspect, se sentit émouvoir;
Elle, qui sous les plis d'une épaisse fourrure,
De la bise cruelle éprouvait la froidure,
Avec raison jugea que cet infortuné
Devait, à demi-nu, souffrir comme un damné.
« Quel déplorable état ! quel excès de misère !
» Ah ! dit-elle, le ciel, en cette occasion,
» Me commande sans doute une bonne action,
» Et je veux l'accomplir. » Le vieux et pauvre hère,
Par son ordre aussitôt grimpe sur le derrière
Du carrosse pompeux qui, roulant avec bruit,
A la voix du cocher se précipite et fuit.
On arrive, on descend. Notre nymphe empressée
Dans un salon qu'entoure un double paravent,
Près d'un brûlant foyer court défier le vent,
Et les âpres rigueurs de la saison glacée.
La belle se ranime et la tiède chaleur
Rend bientôt à ses traits leur riante couleur.
Mais soudain devant elle un valet se présente :
« Madame, un mendiant, un vieillard tout cassé,
» Mourant de froid, par vous à la porte laissé,
» Implore vos secours ». — « Mais cet homme plaisante,
» Répond Lise, le froid a maintenant cessé. » *

* Cette historiette m'a été contée par un ami. La moralité m'en a
paru si saillante que je n'ai pas hésité à la mettre en vers.

UN JEUNE ENFANT ENDORMI.

Dors et savoure en paix les rêves de l'enfance,
De notre vie, hélas ! trop fragile trésor.
Louis Dureau.

Oh ! qu'il est doux et beau cet enfant qui repose,
Libre des noirs soucis d'un pâle lendemain !
Que sa lèvre est riante ! on dirait qu'une rose
    Y vient d'épandre son carmin.

Sur ses traits délicats rayonne l'innocence,
Visage frais et pur, virginale beauté,
Où règne le sourire avec l'insouciance,
    Et les roses de la santé.

Voyez sa chevelure ondoyante et légère,
Et sa vermeille joue au contour si joli,
Et son front dont souvent le baiser d'une mère
    Effleure l'albâtre poli.

Tout plaît dans cet enfant, tout enchante et captive :
C'est la candeur de l'âme et la grace du corps ;
Créature charmante et rieuse et naïve
    Que Dieu combla de ses trésors.

Jeune ami dont mon luth murmure les louanges,
Qui n'as encor subi que la plus douce loi,
L'empire d'une mère, oh ! comment sont les anges,
    Enfant, s'ils sont plus beaux que toi ?

Ont-ils, ces fils du ciel, un plus divin sourire,
Une lèvre plus pure ; un plus touchant maintien ?
Leur front resplendissant d'un céleste délire
    Est-il plus chaste que le tien ?

Si parfois le sommeil les couvre de ses ailes,
Ont-ils plus de ce calme où s'abreuvent tes sens ?
Sous le dôme étoilé des sphères éternelles,
    Ont-ils tes songes ravissans ?

Mais au jour radieux s'entr'ouvre ta paupière ;
La terre devant toi se revêt de beauté.
Le monde t'apparaît rayonnant de lumière,
    Et d'innocence et de gaîté.

Vers toi ta mère accourt, de bonheur éperdue ;
Te voilà sous sa main délaissant ton berceau.

Ton âme à mille objets s'arrête suspendue,
  La nue, une fleur, un ruisseau.

C'est l'arbre que le vent balance sur sa tige ;
C'est l'oiseau, du printemps gracieux messager,
Le frêle papillon qui s'élance et voltige,
  Comme toi charmant et léger.

Savoure donc ce calme où le ciel te convie,
Et tes songes rians et tes aimables jeux.
Des folles passions bientôt ta jeune vie,
  Sentira le souffle orageux.

Dès lors, plus d'innocence et de douces chimères,
Plus de jeux enchanteurs et de naïfs ébats ;
Mais des amours trompés et des peines amères,
  Où, dans les plus cruels combats,

Notre esprit fasciné s'égare après une ombre ;
Où l'âme haletant sous de fougueux transports,
Poursuit un beau fantôme, errant dans la nuit sombre,
  Et n'embrasse que le remords.

UN SONNET.

A M. MARETTE, d'Alais.

> Amitié, don du ciel.
>
> VOLTAIRE.

Oh! que je suis heureux quand la muse m'inspire,
Et me verse à longs traits les flots de son amour ; ·
Quand mon vers abondant ou bouillonne ou soupire,
Fougueux comme l'orage ou pur comme un beau jour !

Quand je sens frissonner les cordes de ma lyre
D'où mille chants divers s'élancent tour-à-tour ;
Quand, l'esprit haletant d'un sublime délire,
De saintes voluptés je pare mon séjour !

Alors satisfaisant ma poétique envie,
Je colore à mon gré les songes de ma vie ;
En de brillans sentiers mon pied marche affermi.

Muse, que tu sais plaire à mon âme enflammée !
Mais parmi tes trésors, qu'as-tu, ma bien-aimée,
Qui vaille le sourire et le cœur d'un ami?

LE CONVOI D'EMMA.

—◦─❦─◦—

Et rose elle a vécu ce que vivent les roses.

MALHERBE.

I.

Sur nos bois reverdis, dans la plaine embaumée,
Le printemps ramenait sa pompe accoutumée.
Sous leur dôme d'azur les cieux se déroulaient;
Dans leurs calices d'or les fleurs étincelaient;
Et des vents attiédis la caressante haleine
Entr'ouvrant les rameaux les balançait à peine.
L'insecte radieux, voltigeant au soleil,
De la saison d'amour saluait le réveil.
L'univers renaissait, et toute la nature
N'était qu'enchantement, harmonie et murmure.
Mais tandis que les voix de la terre et des eaux,
Et les accens de l'homme et l'hymne des oiseaux
Célébraient le printemps et chantaient sa venue,

Une vierge naïve et du monde inconnue
S'éteignait sur sa couche et passait sans effort,
De sa vie enfantine au calme de la mort.
C'était la douce Emma, qui, rieuse naguère,
Effleurait les gazons dans sa course légère;
Aux champs où de ses jours s'écoulait le flot pur,
Cueillait le bouton d'or et le bluet d'azur;
Errait avec l'essaim de ses jeunes compagnes,
Dans les bois sinueux, au penchant des montagnes,
Et courait en riant, angélique lutin,
A sa mère étaler son agreste butin.
Pâle comme un beau lys qu'a courbé la tempête,
Sous la mort maintenant elle penche sa tête.
Tu n'es plus, pauvre Emma, tandis qu'hier encor
Tu dépouillais les champs de leur frêle trésor.
Et j'ai dit en mon cœur : De ta mort lamentable,
Oh! qui consolera ta mère inconsolable !

II.

Et puis, le lendemain, quand l'œil brûlant du jour
De son cercle de feu recommença le tour,
Le pasteur du hameau, le front dans la poussière,
Autour du lit glacé murmura la prière :
Et le cercueil partit, et de la mère en pleurs

5*

Vibrèrent tout-à-coup les longs cris de douleurs.
Et moi, morne et pensif, je suivis en silence
L'être si gracieux dont j'aimais l'innocence.
Des voisins attristés et des amis en deuil
Vers le champ de la mort dirigeaient le cercueil;
Et le cortége allait à travers les prairies,
Par les sentiers bordés d'aubépines fleuries,
S'arrêtant sur la rive où le saule en berceaux,
De sa sombre verdure ombrageait les ruisseaux;
Quelquefois s'enfonçant sous d'obscures arcades,
D'un temple délabré gothiques colonnades;
Parfois se reposant sous le dôme des bois,
Où pour l'ange envolé se lamentaient des voix,
Où comme un encens pur dont s'embaume la nue,
Montait vers l'Éternel la prière ingénue.

III.

Aux pieds de la colline il est un frais vallon,
Tranquille solitude où jamais l'aquilon
Ne fit de ses fureurs sentir la violence.
Dernier ami des morts, le cyprès s'y balance,
Et parmi les gazons, l'œil voit de toutes parts,
Des noms rongés des ans et des tombeaux épars.

C'est l'enclos de la mort, la fatale demeure
De ceux qui ne sont plus et que le hameau pleure.
Dans un coin reculé de ce désert riant,
Un modeste tombeau se tourne à l'Orient,
Aucun nom ne s'inscrit sur la funèbre pierre :
Mais une simple croix, sous les touffes de lierre,
Se dresse vers le ciel, emblême de douleurs.
Emma repose ici..... donnez, donnez des fleurs,
Pour qu'aux pieds de la croix, sur la mousseuse dalle,
J'effeuille leur calice et l'or de leur pétale.
Portez ce tribut frêle à la tombe d'Emma,
Le genêt embaumé, le bluet qu'elle aima,
Le bluet gracieux, virginale parure
Dont ses mains décoraient sa blonde chevelure.

LE BONHEUR.

—

A M. Emilien FROSSARD , Pasteur à Nimes.

—o⟨⟩ⓞⒺo—

Amassez-vous des trésors dans le ciel.
Matth. , Chap. VI, 20.

Ami, dont le regard errant sur nos misères
Sonde nos biens trompeurs, nos voluptés amères,
Et dont le bras, armé du céleste flambeau,
Guide l'homme marchant de la vie au tombeau ;
Vous dont l'esprit de paix, la touchante parole
Abat pour relever, fortifie et console,
Tendre dispensateur des richesses du ciel,
Qui versez sur nos maux le cinname et le miel,
Oh ! veuillez avec moi suivre en sa folle ivresse,

L'homme faible et léger, dédaignant la sagesse,
Devant un bonheur faux en esclave arrêté,
Misérable bonheur où tout est vanité.

Je voudrais, avec feu colorant ma pensée,
Vous montrer des humains la cohue insensée
A de fragiles biens dévouant son amour,
Prostituant sa vie à des trésors d'un jour,
Dont la cupide soif étreint l'âme et l'altère,
Lui ravit tout essor et l'enchaîne à la terre ;
Car comment espérer de généreux élans,
Et de nobles efforts et de divins talens,
De celui dont le cœur à Mammon sacrifie ?
Aveugle adorateur de l'or qu'il déifie,
Oui, l'or, l'or est son Dieu..... Gloire, plaisir, honneur,
Son âme y trouve tout, et c'est là son bonheur.
D'autres, rêvant la guerre et sa sanglante école,
Ont dans l'ambition rencontré leur idole.
La terre au loin frémit sous leurs pas dévorans.
Les remparts écroulés, les vaincus expirans,
Les bataillons rompus où la mort se déploie,
Voilà ce qui les charme et fait hurler leur joie.
L'un, dans l'ivresse impure où dort la volupté,
Se plonge, haletant de sensualité :
En de honteux plaisirs il abrutit son âme,
Et le Dieu qu'il chérit c'est la débauche infâme.

L'autre, en d'obscurs complots, dans l'intrigue des cours,
Ténébreux et rampant va consumant ses jours.
De la soif des grandeurs enflammant son envie,
A se forger des fers il épuise sa vie;
Heureux lorsqu'il a pu, blanchi dans ces travaux,
Sur ce terrain mouvant supplanter ses rivaux.
Vous montrerai-je aussi le parleur populaire,
Qui parfois s'animant d'une ardente colère,
Glapit dans la tribune et, de son aigre voix,
Détrône un ministère et régente les rois;
L'écrivain des journaux, forcené politique,
Qui prétend nous soumettre à son joug despotique,
Et jette chaque jour au crédule lecteur
L'insipide tribut de son style menteur;
Ces romanciers hardis que le goût désavoue,
Dont les tableaux impurs se traînent dans la boue;
Des drames effrénés ces cyniques auteurs,
De la sainte morale ardens profanateurs,
Dont le vers palpitant d'une sombre énergie
Prodigue à nos regards l'adultère et l'orgie;
Et ces savans enfin, présomptueux esprits,
Qui dans ce livre auguste et par eux incompris,
Cette riche nature où le moteur suprême
A nos yeux éblouis se dévoile lui-même,
Dans ce ciel étoilé, dans cet astre géant,
Ne lisent que ces mots : Obscurité, néant !

Tel est l'homme... Égaré de chimère en chimère,
Il va perdant les jours de sa vie éphémère
En rêves délirans, en stériles combats,
Où son âme succombe, où le bonheur n'est pas.
Adorateur fervent de ce monde frivole,
Sur cette mer trompeuse où reluit son idole,
Aventureux nocher il vogue, insoucieux
Des autans et des flots, de la terre et des cieux.
Puis, si sur cette mer vient à mugir l'orage,
Sur sa tremblante nef, pilote sans courage,
Il tombe en suppliant, il implore effrayé
Ce Dieu naguère hélas ! dans son cœur oublié,
Ce Dieu dont le courroux se suspend sur sa tête,
Et qu'il oublie encor lorsqu'a fui la tempête.

Pareil à ce nocher qui sur les flots amers
S'abandonne joyeux aux caprices des mers,
Longtemps, dans ce fracas qui s'appelle le monde,
J'ai laissé s'égarer mon âme vagabonde.
Trop longtemps tourmenté d'impérieux désirs,
J'adorai ses faux Dieux, son vain bruit, ses plaisirs.
L'âge enfin a sevré mon cœur de cette ivresse ;
Et, rejetant au loin la coupe enchanteresse,
J'ai regardé le ciel, et près de toi, Seigneur,
J'ai cherché mon appui, j'ai trouvé le bonheur.
Mais avant de briser mon idole mondaine,

Avant de me plier à ta loi souveraine,
J'ai, patient lecteur, avec calme entrepris
D'explorer lentement les renommés écrits
Des sages qui, dit-on, riches de beaux systèmes,
Ont de l'humanité résolu les problèmes.
Longtemps j'ai sur leurs pas enchaîné ma raison ;
Mais hélas ! se guidant à leur pâle horizon,
Mon âme vainement à ces docteurs célèbres
Demandait d'éclairer ses épaisses ténèbres.
A la soif de cette âme aucun n'a répondu.
Haletant sur leur trace, après eux éperdu,
J'ai vu poindre l'orgueil sous leur parole austère :
Quand j'invoquais le ciel, ils me montraient la terre.
Je leur demandais Dieu, l'être immense, éternel ;
Mais à peine ils daignaient de ce nom solennel
De leur œuvre inféconde orner le frontispice.
J'ai de leur gouffre impur fui le noir précipice,
Et dans ta loi d'amour, père de vérité,
J'ai vu luire la vie et la félicité ;
Heureux lorsque ta main dessille ma paupière,
Si je marche joyeux à ta sainte lumière,
Si toujours m'entraînant à son appel vainqueur,
Ta parole vivante illumine mon cœur.

LE SAULE DE SAINTE-HÉLÈNE.

Vingt ans il a dormi sous une dalle obscure,
Seul avec l'Océan, seul avec la nature,
            Seul avec vous, Seigneur.
                        VICTOR HUGO.

Sur un roc sourcilleux, île sombre et sauvage,
Qui d'un monde brisé semble un affreux lambeau,
Un saule, ami des morts, incline son feuillage,
Et de ses bras pendans environne un tombeau.
Là, naguère dormait sans pompe souveraine,
Le géant des combats, de ses preux isolé.
    Pauvre saule de Sainte-Hélène,
Tu n'ombrageras plus l'héroïque exilé.

Il était là, couché sous la funèbre dalle,
Loin des champs belliqueux où son regard hautain
Guidant de ses guerriers la marche triomphale,
Jadis à son génie enchaînait le destin.

Oh! le voici venir de sa roche lointaine,
Mais hélas! pâle et froid, d'un suaire voilé.
   Pauvre saule de Sainte-Hélène,
Tu n'ombrageras plus l'héroïque exilé.

On l'avait entendu, quand son âme flétrie
S'irritait sous les yeux d'un Argus assassin *,
Redire avec tristesse : O France! ô ma patrie!
Puisse ma cendre un jour reposer dans ton sein!
Et la France pleurant l'immortel capitaine,
N'oublia point le vœu de son fils désolé;
   Pauvre saule de Sainte-Hélène,
Tu n'ombrageras plus l'héroïque exilé.

Son cercueil a revu la terre bien-aimée
D'où son nom sur les rois promena la terreur;
Et tous, d'un même cri, peuple, princes, armée,
Ardens ont salué le sublime empereur.
Et son corps vient dormir, libre enfin de sa chaîne,
Dans le saint temple, abri du soldat mutilé.
   Pauvre saule de Sainte-Hélène,
Tu n'ombrageras plus l'héroïque exilé.

* Hudson-Lowe.

Sous la pompeuse voûte où de pieuses larmes
Ont mouillé ta dépouille, ô roi des conquérans,
Oh ! repose gardé par tes vieux frères d'armes,
De Lodi, d'Iéna, glorieux vétérans.
Dors, toi que l'étranger poursuivit de sa haine,
Toi, le plus grand des chefs dont le monde ait parlé.
    Pauvre saule de Sainte-Hélène,
Tu n'ombrageras plus l'héroïque exilé.

La muse, toutefois, compagne du poète,
Aimait mieux voir au loin, sur un funèbre écueil,
Au murmure des flots, au bruit de la tempête,
Apparaître, ô géant, ton sauvage cercueil.
Oui, ce roc nous montrait ta grandeur surhumaine,
Désert où tu tombas de souffrance accablé.
    Pauvre saule de Sainte-Hélène,
Tu n'ombrageras plus l'héroïque exilé.

L'Océan à tes pieds faisait hurler son onde,
Le tropique à ton front dardait ses traits de feu.
L'œil te voyait reluire aux confins du vieux monde,
Comme un phare immortel qu'avait allumé Dieu.
Mais comment te laisser en ton île africaine,
Quand par un ennemi ton corps était foulé ?
    Pauvre saule de Sainte-Hélène,
Tu n'ombrageras plus l'héroïque exilé.

Lorsqu'un navire errant aux flots de l'Atlantique,
Cinglait vers ces climats qu'embrase l'équateur,
Tu devenais sur l'onde un astre poétique
Où s'attachait joyeux l'œil du navigateur.
Le pâle matelot, oublieux de sa peine,
Saluait ton sépulcre et voguait consolé.
    Pauvre saule de Sainte-Hélène,
Tu n'ombrageras plus l'héroïque exilé.

L'Océan !... On eût dit que c'était ton royaume,
Que ton aigle superbe y prenait son essor.
Tu semblais t'y dresser comme un sombre fantôme,
De ces gouffres sans fond nouvel Adamastor.
Et ton nom dominait sur l'orageuse plaine,
Murmuré par ses vents, dans ses vagues roulé.
    Pauvre saule de Sainte-Hélène,
Tu n'ombrageras plus l'héroïque exilé.

Et toi que la douleur a choisi pour symbole,
Qui te penches vers nous, compagnon de nos maux;
Tu n'as plus ton prestige, ô mon funèbre saule,
Sur un tombeau désert tu courbes tes rameaux.
Des vieilles nations la grande souveraine
A reconquis enfin le proscrit immolé,
    Pauvre saule de Sainte-Hélène,
Tu n'ombrageras plus l'héroïque exilé.

LES FRANÇAIS.

✛

ÉPITRE

A M. Paradès de DAUNANT , Préfet de la Loire.

> Inquiets et volages dans le bonheur ; formés
> pour tous les arts ; civilisés jusqu'à l'excès
> durant le calme de l'état ; flottans comme des
> vaisseaux sans lest , au gré de toutes les pas-
> sions ; à présent dans les cieux, l'instant
> d'après dans l'abîme...,......
>
> CHATEAUBRIANT.

O vous qui possédez la haute intelligence ,
Et ce don que le ciel à peu d'humains dispense ,
Cet esprit juste et droit , cet exquis jugement ,
Qui d'un sophisme vain , d'un faux raisonnement ,
D'un discours captieux et gonflé d'hyperbole ,
Discerne tout-à-coup l'extravagance folle ,
Ami, que pensez-vous des Français de nos jours ?

Inconséquens, légers, comme ils seront toujours,
A tout ce qui les flatte ils vont prêtant l'oreille,
Renversant les héros qu'ils adoraient la veille,
Brisant ce qu'ils aimaient et jetant leurs brandons
Sur l'autel que naguère ils chargeaient de leurs dons.
Quatre-vingt-neuf les vit, dès son ère puissante,
Saluer de longs cris la liberté naissante,
Délirans d'allégresse et se hâtant d'orner
L'idole que bientôt ils devaient profaner;
Car toujours l'inconstance à leur cœur naturelle
Dans leur esprit mobile ardente se révèle.
Plus tard, un empereur, belliqueux souverain,
Asservit leur caprice à son sceptre d'airain.
Aux éclairs flamboyans dont rayonne son glaive,
Après les flots poudreux que son coursier soulève,
Ils courent haletans, de gloire ambitieux,
Et de la liberté tristement oublieux.
Adieu la liberté..... La main qui les entraîne
Ennoblit l'esclavage et sait dorer leur chaîne.
Mais le grand empereur, de son trône ébranlé,
Tombe et s'enfuit au loin, malheureux exilé.
La France a trop gémi sous son joug abattue,
Et ce peuple infidèle a brisé sa statue.
Voici venir vers nous l'antique royauté.
Sous son ombrage enfin le Français abrité,
Heureux, trouvera-t-il ce qu'invoque son âme,

Fantastiques objets où son esprit s'enflamme?
Vain espoir ! car il veut toujours ce qu'il n'a pas ;
Il rêve dans la paix la rumeur des combats ;
Dans une mer tranquille il demande l'orage,
Dût son vaisseau brisé périr dans le naufrage.
Paradès, les Français seront tels en tout temps,
Braves, spirituels, mais hélas ! inconstans ;
Se courbant sous un maître ou brisant ses entraves,
Fous de démocratie ou d'un grand homme esclaves.
Toutefois, la nature a pour les rendre heureux
Épuisé ses trésors et ses soins généreux.
Des plus brillantes fleurs leur terre est embellie,
Et leur ciel resplendit comme un ciel d'Italie.
Nul monstre rugissant des sauvages climats,
Enfant du noir tropique où des âpres frimats,
Jamais ne vint roder au sein de leurs bocages,
Ou de son cri terrible effrayer leurs rivages.
Sous de riches moissons leurs champs rayonnent d'or.
Un ver industrieux leur donne son trésor.
L'huile coule à longs flots de leurs coteaux paisibles
Où la vigne suspend ses lianes flexibles.
Comme aux murs radieux d'Athène et des Césars,
Dans leurs nobles cités étincèlent les arts.
De leurs lèvres jaillit une mâle éloquence ;
Ils sont rois par la lyre et rois par la science.
Nul nom dans les combats n'est plus grand que le leur ;

Ils ont l'aménité, la grace, la valeur,
Le courage, l'esprit et sa délicatesse,
Les généreux instincts, tout..... hormis la sagesse.

On l'a dit maintes fois : nous ressemblons très-bien
A ces volages Grecs, ce peuple athénien,
Peuple capricieux, de nouveautés avide,
Qui condamnait Socrate, exilait Aristide,
Et qui plus tard pleurait, vaincu par le remords,
Ceux qu'il brisa vivans et qu'il adorait morts.
Oui, ce peuple, c'est nous..... Insensés que nous sommes!
Nous dressons des autels aux vertus des grands hommes,
Mais lorsqu'ils ne sont plus. Leur gloire est un flambeau
Qui pour nous ne reluit qu'au front de leur tombeau.
Et tandis que leur vie et large et populaire,
Majestueux soleil nous guide et nous éclaire,
Nous, pareils au serpent, plein de sucs vénéneux,
Nous leur lançons les dards de nos esprits haineux,
Mots calomniateurs, pamphlets, lâches injures,
Et s'ils tombent enfin sous ces armes impures,
Si leur mort fait vibrer de publiques douleurs,
Nous osons sur leur cendre apporter quelques fleurs.
Cet homme, disons-nous, fut un esprit immense;
Constant ami du peuple, il a sauvé la France;
Il fut de l'opprimé le vengeur et l'appui,
Le défenseur des lois... il n'est plus... gloire à lui!

Ainsi nous l'admirons quand il cesse de vivre.
D'un éclat importun son trépas nous délivre.
Sa vie éblouissait, accablons sa grandeur :
Le sépulcre du moins cachera sa splendeur,
Mais les temps garderont son souvenir auguste.
« Je suis lassé de voir qu'on l'appelle le juste,
Disait au Grec banni le paysan jaloux... » *
Et nous, n'avons-nous pas abreuvé de dégoûts
Et d'outrages cruels ce citoyen sublime,
De nos tristes débats héroïque victime,
Périer, ce noble cœur, par l'Europe admiré,
Et que du bien public le zèle a dévoré.
Mais lorsque de ses jours la mort coupant la trame,
Dans son regard éteint eut tari toute flamme,
Alors la France en deuil vota son monument,
Et pleura le grand homme insulté lâchement,
Lui qu'eût chanté la Grèce, et dont Rome païenne
Eût honoré la vie et l'âme citoyenne.

---

* Est-il nécessaire de rappeler que ces deux vers s'appliquent à l'anecdote, trop connue pour la rapporter ici, d'Aristide et du paysan athénien ?

A MA FILLE.

C'est à toi, ma chère enfant, que je dédie ces quelques stances sur Silvio Pellico, cette chaste et sereine intelligence dont toutes les pensées et les sentimens se résument dans ce double amour : Fervente adoration envers Dieu, fraternelle charité envers les hommes. Bien des fois, tu le sais, nous avons parcouru ensemble les productions de ce doux génie, et toujours notre âme est sortie calme et meilleure de cette lecture, où des récits naïfs s'allient à une suave et lumineuse élocution. D'où provient le charme irrésistible de telles œuvres ? C'est qu'on y reconnaît à chaque page les élans d'un cœur sincère et aimant que la foi a vivifié, les mouvemens d'une imagination pure, dirigée par le goût, les nobles inspirations d'une nature choisie, constamment portée vers les choses du ciel et les plus saintes affections de la terre. Ah! c'est qu'il faut croire aussi que Dieu mit à part ces esprits d'élite pour nous les offrir comme les modèles ravissans de tout ce qu'il y a dans le monde de vraiment désirable et de vraiment beau.

SILVIO PELLICO.

Oh! combien est douce la pitié de nos
semblables! qu'il est doux de les aimer!...
La civilisation, la richesse, la puissance,
la gloire, sont inégalement réparties entre
les diverses nations; mais chez toutes il y
a des âmes qui obéissent à la grande voca-
tion de l'homme, d'aimer, de plaindre et
d'être utile.

Prisons de Silvio Pellico, tome 2.

Dans ce cachot affreux, asile de misère,
Sur ce grabat qu'à peine un jour livide éclaire,
Quel est ce malheureux dont le regard serein
Contemple sans effroi ces demeures fatales,
Où grincent les verroux, où sur les larges dalles
    Mugissent les portes d'airain?

Tout est deuil et douleur sous ces voûtes funèbres;
Jamais un rayon d'or ne perce leurs ténèbres;
Une lourde moiteur suinte de tous leurs murs :

Et l'œil avec horreur voit sur les parois sombres,
Et sur le pavé froid se traîner dans les ombres,
    Un essaim d'animaux impurs.

C'est l'antre sépulcral où l'Autriche barbare *
Tortura lentement cette âme grande et rare
Qui vit à ses douleurs le monde compatir ;
Esprit brillant et doux, âme candide et sainte,
Noble cœur que jamais ne domina la crainte,
    Cœur de Silvio le martyr.

Quel luth mouillé de pleurs redira sa souffrance,
Soit lorsque du captif brisant toute espérance
Venise l'enfermait sous ses plombs dévorans ?
Soit lorsqu'au Spielberg la touchante victime
S'engloutissait vivante au fond du noir abîme
    Qu'ouvraient sous ses pas les tyrans ?

Là, sur un lit glacé, l'insomnie et la fièvre
Font bouillonner son sang et palpiter sa lèvre ;
Des fantômes hagards assiègent son sommeil.

---

* Cette épithète appliquée à l'Autriche pourra paraître sévère et même injuste. Après la lecture des *Prisons* de Pellico, on se convaincra, j'ose le croire, qu'elle n'est que ferme et vraie.

Et quand le jour lui verse un morne crépuscule,
Rien n'attiédit le feu qui sur son front circule,
    Ou ne sourit à son réveil.

Ah ! pour le consoler dans sa douleur amère,
Il faudrait au captif les larmes d'une mère,
Le chaste embrassement d'un frère ou d'une sœur;
Mais dans les longs tourmens de son inquiétude,
L'infortuné ne voit qu'horrible solitude
    Et ne sent qu'un joug oppresseur.

A cet ange mortel, à cette âme choisie,
A ce cœur débordant de sainte poésie,
Il faudrait un air pur, le soleil, le ciel bleu,
L'aspect de la nature ou riante ou sauvage,
Et ces lointains d'azur, radieux paysage
    Où resplendit la main de Dieu.

A ce large poète il faut l'immense espace
Où s'envole l'esprit, où le regard embrasse
Tous ces mondes flottans dans l'invisible éther;
Mais au lieu de la terre, et des cieux et des mondes,
Il n'a devant ses yeux que ces caveaux immondes,
    Horrible gouffre où manque l'air.

Toutefois, ces donjons, ces ténébreuses voûtes,
Cet humide repaire aux tortueuses routes.

Recèlent quelques cœurs tendres et généreux :
Que le Seigneur vous garde, ô vous, ô nobles âmes,
O Kral, Schiller, Kunda *, qui versiez des dictames
    Sur les douleurs des malheureux.

Silvio vous aima; Silvio, mon poète,
Dont le chant me console en ma peine secrète,
Dont le luth m'attendrit et fait couler mes pleurs.
Silvio vous aima..... Génie aimable et tendre
Qui sur vos noms obscurs fut joyeux de répandre
    Quelqu'une de ses douces fleurs.

Et moi, pour qui ta voix est un charme suprême,
Moi, de ton âme épris, bon Silvio, je t'aime,
Je t'aime, car ton cœur est pur comme un beau jour;
L'ardente charité t'embrase et te consume,
Et ton chaste regard s'illumine et s'allume
    Au feu de ce céleste amour**.

* Géoliers et gardes au Spielberg pendant la captivité de Silvio
Pellico.

** Quelle est la cause du prodigieux intérêt qu'ont excité, dès
leur apparition, les mémoires de Silvio Pellico? On ne peut douter
qu'indépendamment de la pureté et de l'agrément du récit, cette
cause n'existe surtout dans cette exquise sensibilité, dans ces touchantes effusions de l'âme, adorables sentimens de fraternité et
d'amour qui donnent à une histoire vraie tout le charme d'une ravis-
sante fiction.

Heureux qui comme toi va dévouant sa vie
A ces purs sentimens où le ciel nous convie !
Aimer est ton bonheur, ta sainte volupté.
Ah ! le plus grand des biens que Dieu nous fit connaître,
C'est la coupe sacrée où s'abreuve ton être,
      C'est l'ineffable charité.

Je l'entends, cet amour, bouillonner dans tes pages,
Où mon œil voit briller tant de nobles images,
Des martyrs comme toi, Villa, Maroncelli,
Et cet Oroboni, céleste créature,
Que tu fais rayonner si touchante et si pure
      Sur les ténèbres de l'oubli *.

Ah! de tant de proscrits, compagnons de ta peine,
Plusieurs ont succombé sous leur pesante chaîne :
Leurs yeux n'ont point revu les lares paternels.
Près de l'affreux rocher, horreur de la nature **,

---

* Il y a trois caractères d'élite dans cette histoire de Pellico, trois
nobles âmes dont les types sont malheureusement trop rares, Maroncelli, Oroboni et Silvio lui-même. Lecteur, auquel des trois donne-
riez-vous la préférence ? Malgré la modestie de Pellico qui veut s'effa-
cer derrière ses compagnons d'infortune, c'est vers lui que le cœur
penche, c'est à lui que l'on accorderait la palme, bien qu'Oroboni
et Maroncelli soient d'une vertu et d'une résignation admirables.

** Le rocher du Spielberg.

Ils dorment à jamais sur cette terre impure,
    Comme d'infâmes criminels.

Toi qui nous dis les maux de leur longue agonie,
Que de pleurs tu versas sur leur tombe bénie !
Ta muse à ces martyrs a dressé des autels.
Pour eux de l'avenir tu conquis les hommages ;
Ils revivront par toi sur l'océan des âges,
    Ton pinceau les rend immortels.

Plus heureux, Silvio, tu revis ta patrie,
Et le clocher natal et ta cité chérie,
Belle de son doux ciel, de ses champs embaumés.
O félicité sainte ! ô jour rempli de charmes !
Quand ta lèvre pressa, quand tu mouillas de larmes,
    Le front de parens bien-aimés !

Divins épanchemens où le cœur se déploie,
Embrassemens d'un père, inénarrable joie,
Aspect de la famille et du toit des aïeux,
Dans cette âme d'élite épandez vos ivresses,
Afin qu'elle savoure, en de chastes tendresses,
    L'oubli de ses maux odieux.

Hélas ! au Spielberg, ce noble caractère
Goûta si peu de calme en sa nuit solitaire !

Et ses jours s'écoulaient si mornes et si lourds!
Vous qui le chérissez, ah! gardez qu'à cette heure,
Rien ne trouble sa nuit, la paix de sa demeure,
    La sérénité de ses jours.

Nature, voix du ciel, échauffez son génie.
Flots, soupirez pour lui votre tendre harmonie;
Qu'il vienne insoucieux sur vos bords méditer.
Dôme des bois, vallons, asiles doux et sombres,
A mon poète saint prêtez vos fraîches ombres;
    Mieux que lui qui peut vous chanter?

Sous vos berceaux riants que son âme s'inspire.
Mêlez votre murmure aux accens de sa lyre,
Sa lyre qui sait peindre et qui sait consoler :
Et parmi nous, Seigneur, gardez longtemps encore
Ce cœur fidèle et pur que tant d'amour dévore,
    Et qui vers vous veut s'envoler. *

* Bien des écrivains distingués de notre époque ont adressé leur
hommage littéraire ou poétique à Silvio Pellico. Ce n'est pas pour
imiter ces hommes éminens que j'ai offert aussi ma fleur humble et
décolorée à l'intéressant captif de Venise et du Spielberg. Je dois
l'avouer avec sincérité, cet hommage était un besoin de mon cœur.

A M. NICOT,

Recteur & Secrétaire perpétuel de l'Académie royale du Gard.

‒o‑◦◉◦‑o‒

Permettez-moi, Monsieur, de vous faire hommage d'une ode à l'un des plus beaux génies de la France, à cet écrivain merveilleux qui alla toujours grandissant dans sa carrière poétique, et dont tous les pas furent marqués par des chefs-d'œuvre. A qui mieux qu'à vous, Monsieur, qui êtes, au milieu de nous, l'un des soutiens les plus solides et les plus éclairés du goût français, pourrais-je offrir ces quelques strophes à un grand homme dont les ouvrages sont l'un des plus glorieux monumens de notre littérature nationale ? Dans son siècle, vous le savez, il fut quelquefois méconnu et constamment harcelé par une haine envieuse qui ne pouvait se résoudre à lui pardonner tant de triomphes. De nos jours aussi, quelques voix isolées ont osé s'élever contre cette renommée colossale. On a vu des hommes d'esprit, égarés par un système d'idées où le monstrueux se joint quelquefois à l'absurde, vouloir attaquer à sa base la gloire littéraire de Racine, prétendant qu'il avait manqué dans sa composition et dans son style, de pureté, de sévérité, d'harmonie. Le mépris public a fait justice de ces assertions aussi ridicules qu'extravagantes, et Racine est demeuré ce qu'il sera toujours : le modèle le plus parfait du langage, l'interprète le plus éloquent du cœur humain.

ODE

A Jean RACINE.

Malheur aux barbares qui ne sentiraient pas jusqu'au fond du cœur ce prodigieux mérite !

VOLTAIRE.

Contemplez sur ce mont assailli par l'orage
Ce cèdre altier et beau dont le hardi feuillage
S'étend en large dôme et monte vers les cieux.
Majestueux géant qui brave la tempête,
Il voit ses fiers rivaux humilier leur tête,
Sous ses rameaux victorieux.

Sur son robuste corps, affermi par les âges,
Ouragans du désert, épuisez vos outrages.
Formidables autans, hurlez, déchaînez-vous.

A ce fils du Liban qu'importent vos colères ?
Car sur son tronc noueux, sur ses bras séculaires,
 Que peut votre impuissant courroux ?

Tel que ce fier colosse, orgueil des monts d'Asie,
Tel tu m'es apparu, roi de la poésie,
De la tragique scène illustre souverain.
Vois frémir à ton nom ces enfans de la lyre;
Mais que peut contre toi leur envieux délire ?
 Ta statue a des pieds d'airain.

Exerçant sur tes vers leur plume envenimée,
Ils osent insulter ta pure renommée,
Ta gloire qui charmait le plus grand des Louis;
Ta gloire, doux rayon, immortelle lumière,
Dont l'éclat, comme aux jours de ta splendeur première,
 Inonde nos yeux éblouis.

Racine, disent-ils, c'est ce pâle génie,
Cet esprit sans vigueur à qui le ciel dénie
Ces longs bouillonnemens d'une âme toute en feu. *

---

* Un écrivain de ce siècle a dit en propres termes dans un feuille-
ton de journal : « Racine n'est ni sévère, ni pur, ni harmonieux. »
Et ce journaliste s'est battu les flancs pour prouver cette belle thèse.
Que ne prouve-t-on pas avec de l'esprit !

Son cœur ne connaît point la romantique extase ;
Rien sur le saint trépied ne le trouble ou l'embrase,
    Il ne sent point venir le Dieu.

Ainsi, contre son nom vous jetiez l'anathème ;
Mais le chantre divin, malgré votre blasphème,
Revivait dans sa grace et dans sa majesté.
Tel l'oiseau fabuleux, poétique merveille,
De ses débris fumans plus radieux s'éveille,
    Symbole d'immortalité.

Eh quoi ! de vos dédains redoublant le scandale,
Vous comptiez l'écraser sous votre pied vandale,
Ou l'étreindre en vos bras et vaincu l'étouffer !
Mais de l'ange emporté par ses brûlantes ailes,
Mais du génie errant aux voûtes éternelles,
    L'atome peut-il triompher ?

De l'humaine nature, ô sublime interprète,
Malgré ces cris impurs, tu règneras, poète,
Tant que l'âme inspirée épandra ses trésors ;
Tant que l'intelligence éclairera le monde,
Et que la noble lyre, en prodiges féconde,
    Fera vibrer de saints accords.

Tu règneras vainqueur, tant qu'au sein de la France
Reluira des beaux vers la suprême éloquence;
Tant que, s'enveloppant d'un rythme harmonieux,
Le sentiment dans l'homme épanchera ses flammes,
Tant que les arts divins parleront à nos âmes
      Leur langage mélodieux.

J'admire la grandeur de tes rivaux célèbres;
Mais, chancelans parfois et voilés de ténèbres,
D'où vient que dans leur course ils tombent haletans?
Vrai comme la nature et beau comme l'antique,
Seul tu sembles n'avoir dans ton ciel poétique,
      Que des feux toujours éclatans. *

Brillant sans boursoufflure et simple sans bassesse,
Ton style, déployant sa pompe enchanteresse,
Coule élégant et fier, limpide, impétueux :
Tantôt c'est le torrent qui jaillit des montagnes,
Ou le fleuve qu'on voit à travers les campagnes
      Rouler son flot majestueux.

---

* Je ne prétends pas dire par là que Racine est sans défaut. Loin
de là ; il a payé, lui aussi, l'immortel génie, son tribut à l'humaine
infirmité ; mais ne peut-on pas avancer, sans être taxé d'exagération,
que c'est un des écrivains qui, par le style surtout, ont le plus appro-
ché de la perfection ?

De pointilleux rhéteurs une tourbe égarée
A crié que ta muse était décolorée ;
Tes caractères froids, ton style sans élans *.
O blasphème inouï d'une critique amère !
Ton Achille, bouillant comme celui d'Homère,
    Répond à ces cris insolens.

Eh ! quoi ! sous le remords qui l'oppresse et la tue,
Phèdre ne vous paraît qu'une froide statue ?
Qu'un impuissant croquis sans vie et sans chaleur ?
Et Néron, tout souillé de feux illégitimes,

---

* Certains hommes de nos jours n'ont pas épargné les injurieuses épithètes à l'auteur de *Phèdre* et d'*Iphigénie*. Mais il faut convenir qu'elles ont été bien des fois énergiquement relevées par des esprits entièrement compétens en fait de littérature et de goût. Voici à ce sujet une anecdote que je trouve dans une intéressante notice, consacrée par M. Emile Larnac, conseiller à la Cour royale de Nimes, à la mémoire de M. François Larnac, son père, qui fut l'un des membres les plus distingués de l'Académie du Gard : « Il y a quatre ou cinq ans, un des partisans enthousiastes de la réforme littéraire osa lui dire (à M. François Larnac) que Racine était *rococo*. A cette incartade, dont l'auteur avait le tort d'oublier que le beau dans les arts comme dans la nature est marqué d'un caractère indélébile, le bon vieillard ne se possède plus : rococo ! rococo ! s'écria-t-il ; c'est-à-dire qu'à votre avis, il est vieux et usé ; mais dites donc aussi que l'Apollon du Belvédère est rococo. Osez plus ; osez dire que le soleil est rococo, car il y a six mille ans qu'il nous éclaire. »

Et couvant en secret sa vengeance et ses crimes,
    Qu'un tableau pauvre et sans couleur?

Saintes créations du plus beau des génies,
Que voudrait notre orgueil traîner aux gémonies,
Déroulez à nos yeux vos divines splendeurs.
O des Grecs assemblés souverain capitaine,
Tu m'apparais : c'est toi dans ta fierté hautaine,
    Et dans tes royales grandeurs.

Clytemnestre, c'est toi, mère désespérée,
Serrant sur ta poitrine une vierge adorée
Que le fer de Calchas dispute à ton amour.
Oh! venez me charmer, Mithridate, Monime,
Noble Britannicus, Burrhus, vertu sublime
    Au milieu d'une infâme cour.

Sous le marbre pompeux de ce vaste portique,
J'écoute de ta voix l'accent mélancolique,
Chaste veuve d'Hector, belle de tes douleurs.
Je t'entends, Hermione, amante qu'on outrage;
D'Oreste frémissant tu sais armer la rage,
    Et sur Pyrrhus venger tes pleurs.

Mais quel ravissement vient saisir tout mon être?
Des lévites pieux, à la voix d'un saint prêtre,

Entonnent, Jéhova, tes hymnes solennels.
Et ce chant est si doux qu'on dirait que les anges
Soupirent, ô mon Dieu, vos sublimes louanges,
   Au sein des palais éternels.

Joad, prêtre divin, ta voix s'élance et tonne.....
Fille d'Achab, d'où vient que ton âme frissonne,
Et que ton corps chancèle assailli de terreurs?
Ah! c'est qu'enfin du ciel la colère se lève,
Et que ton œil dans l'air voit flamboyer le glaive
   Qui vient châtier tes fureurs.

Athalie! Athalie! ô suprême chef-d'œuvre!
L'envie en vain sur toi fit siffler sa couleuvre;
Ses absurdes clameurs ne t'ont point ébranlé.
La splendeur éternelle en toi reluit empreinte,
Et le regard fléchit sous ta majesté sainte,
   De tes grandeurs comme accablé.

Tel, quand le pèlerin au tombeau de Solyme,
D'Horeb et de Sina voit l'orgueilleuse cîme
Apparaître à ses yeux dans les champs d'Ismaël,
Il admire, tremblant, ces pics noirs et sauvages,
Où jadis Jéhova, du milieu des nuages,
   Tonnait sur le front d'Israël.

Alors (ô de ces lieux ineffables prestiges!)
Il lui semble assister aux antiques prodiges,
Contempler le buisson de flamme illuminé,
Et le prophète saint donnant sa loi suprême,
Et l'éclair qui s'allume, et l'Éternel lui-même
De ses splendeurs environné.

Fin.

TABLE.

www.ingramcontent.com/pod-product-compliance
Lightning Source LLC
Chambersburg PA
CBHW070800280626
47162CB00016B/1575